I0635463

Y

Ye

20578

LES CHANTS

PROPHÉTIQUES.

NOYON. IMPRIMERIE DE J. AMOUDRY,

RUE DU NORD, N. 214.

LES CHANTS

PROPHÉTIQUES,

OU

MORCEAUX CHOISIS

D'ISAIE,

IMITÉS EN VERS FRANÇAIS

Par Cézaire du Bois.

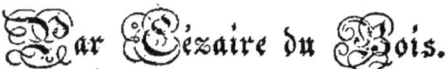

NOYON.

Chez J. Amoudry, Libraire-Editeur.

NOVEMBRE 1829.

Note de l'Auteur.

Je ne m'arrêterai point à prouver ici le mérite littéraire d'Isaïe qui n'est contesté aujourd'hui que de ceux qui ne le connaissent pas. Je me bornerai à présenter quelques réflexions sur l'ouvrage que je livre au public.

On sait que la division des livres saints

en chapitres et en versets est arbitraire.
Le Cardinal Hugues de St - Cher fut au
13ᵉ siècle l'auteur de la division en chapitres, et le rabbin Nathan fut au 15ᵉ, celui de la division en versets. Je n'ai donc
point hésité à diviser Isaïe, de manière à
offrir au lecteur une suite de morceaux
complets, en réunissant les pensées et les
images, qui semblaient, par leur nature,
ne devoir pas être séparées.

Je ne me suis pas toujours conformé à
la traduction de la Vulgate. J'ai suivi l'hébreu toutes les fois qu'il m'a présenté un
tour plus poétique et plus original que le
latin de Saint Jérôme, et comme l'Écri-

ture n'offre en général que des tableaux esquissés, des figures dessinées à grands traits, j'ai été obligé, pour me conformer à nos mœurs et à notre langage, de compléter souvent les idées, et d'achever des portraits commencés.

On s'étonnera peut-être, qu'après Racine le fils et J.-B. Rousseau, j'aie osé traduire deux morceaux justement admirés, *la Ruine de Babylone* et *le Cantique d'Ezéchias.* Je n'ai pas eu la ridicule prétention d'opposer ma poésie à celle des grands maîtres; mais frappé du grand nombre de beautés négligées par ces deux auteurs, qui semblent n'avoir travaillé que de mémoire et après une lecture fugitive d'Isaïe, j'ai pensé que je pourrais encore rajeunir le sujet par la richesse et la nouveauté des détails, par la vivacité et la variété des couleurs étrangères qui le décorent, et qu'il ne serait pas sans intérêt de comparer la grandeur, la force, la hardiesse de l'original que j'ai essayé de reproduire dans sa pureté primitive, avec les imitations élégantes des hommes de génie qui n'ont fait que saisir au passage les images brillantes qu'ils ont retracées.

Pour la commodité du lecteur qui voudrait comparer mon ouvrage avec le latin de la Vulgate , j'ai indiqué à la table des matières les n.° des chapitres correspondant à ceux de la division que j'ai adoptée.

ISAIE.

CHAPITRE I. [1]

Reproches et menaces du Seigneur aux enfans d'Israël. — Promesse du rétablissement de Jérusalem.

CIEUX, écoutez ma voix ! Terre, prête l'oreille ! [2]
Que de son long sommeil Israël se réveille,

---

(1) Cette prophétie est sans date ainsi qu'un grand nombre d'autres ; quoiqu'elle soit à la tête du recueil, il paraît qu'elle n'est pas la première. L'opinion la plus vraisemblable, est que les cinq premiers chapitres sont hors de place, et que la première prophétie d'Isaïe est celle du chapitre VI., qui est datée de la mort d'Ozias et où se trouve marquée la mission que le Prophète reçut du Seigneur.

(2) Ce vers est la traduction littérale de l'hébreu. J'ai mieux aimé l'emprunter à Racine que d'affaiblir la pensée d'Isaïe en la paraphrasant.

Le Seigneur va parler!.... « Enfans que j'ai nourris,

« Enfans que j'ai tirés d'une terre étrangère,

« Enfans ingrats, vous méprisez le père

« Qui vous a tant chéris !

« L'animal s'attachant au toit qui l'a vu naître,

« Mû par un tendre instinct connaît et suit son maître ;

« Mon peuple est resté sourd et ne m'a point connu ;

« Malheur, malheur à vous, nation pécheresse,

« Où le vice flétrit le cœur de la jeunesse,

« Où l'homme est scélérat et l'enfant corrompu !

« Malheur à vous, malheur à vos indignes fêtes,

« Vous qui du Dieu vivant abandonnez l'autel,

« Vous, qui courant aux pieds des idoles muettes,

« Blasphémez le Saint d'Israël !

« Pourquoi frapper encor cette race méchante ?

« Rien ne saurait la rendre à la vertu.

« Ses péchés sont comblés, sa tête est languissante

« Et son cœur abattu ;

« Son corps est tout meurtri, son odeur repoussante ;

« Ses membres corrompus semblent se désunir ;

    « Ce n'est qu'une plaie enflammée,

    « Une blessure envenimée

    « Que l'on négligea de guérir.

« Vois-tu tes champs déserts et tes villes brûlées,

« L'étranger devant toi dévorer ton pays ?

« La Judée est semblable aux terres désolées

    « Que ravagent les ennemis.

    « Israël, si tu vis encore,

« Rends grâce à la vertu qui sans cesse m'implore,

« Et dans le ciel arrête un déluge de feu.

« Rois de Sodome et peuple de Gomorrhe,

« Pour la dernière fois écoutez votre Dieu :

    « Qu'ai-je besoin de toutes vos victimes,

    « De la graisse de vos troupeaux,

« Et du sang des béliers, des boucs et des agneaux ?

« Je suis rassasié de l'offrande des crimes.

« Qui vous a commandé d'apporter ces présens,

« Et d'oser pénétrer dans les sacrés portiques ?

« C'est vous seuls que je vois dans ces dons magnifiques ;

« Fuyez, éloignez-vous ! j'abhorre votre encens,

    « Je déteste vos sacrifices.

« Croyez-vous racheter ainsi vos cruautés ?

« Je n'accepterai point le prix des injustices

« Et le faste honteux de vos solennités.

« Non, non, assez long-temps vos Calendes impies,

« Vos jeûnes, vos Sabbats et vos Néoménies,

« De leur pompe orgueilleuse ont déchiré mon cœur ;

« Fuyez, je ne veux plus en soutenir l'horreur !

« Eh quoi ! vous m'invoquez et vos mains suppliantes...

« Malheureux ! elles sont encor toutes sanglantes

    « Et vous osez les élever aux Cieux !

« Purifiez vos cœurs pour m'adresser des vœux,

« De vos moindres pensers éloignez la malice,

« Défendez l'opprimé contre un maître inhumain,

  « Aidez la veuve, assistez l'orphelin,

« Formez-vous aux vertus en repoussant le vice.

« Présentez-vous alors dans les sacrés parvis,

« Ne craignez rien... la voix de la vertu m'est chère,

« Et les vœux d'un cœur pur sont toujours accueillis.

« Pleurez, pécheurs, pleurez une erreur passagère;

« Revenez,... la bonté toujours habite au ciel;

« Revenez, et votre ame aux pieds de mon autel,

« Peut revêtir encor sa parure brillante,

« Et comme les flocons d'une neige éclatante,

  « Réjouir mon œil paternel.

« Prenez pitié de vous, voyez votre misère;

  « Revenez enfans égarés,

« Je vous rassasîrai des trésors de la terre;

« Mais, si vous persistez, redoutez ma colère,

« Par le glaive ennemi vous serez dévorés.

« Je détruirai Sion, sa perte est assurée,

« J'en ai fait le serment et ma voix est sacrée.....

« Comment de l'Éternel s'est-elle séparée

« Celle qu'on appelait la fidèle cité ?

« Comment Jérusalem, honnie et conspuée,

« Est-elle devenue une prostituée ?

« Autrefois dans ses murs habitait l'équité.

« Le sang les a souillés, la fureur les consume ;

« D'infames meurtriers osent y demeurer.

  « Comment l'argent se fond-il en écume ?

« Comment un vin si pur a-t-il pu s'altérer ?....

   « Vos princes à ma voix rebelles,

    « Complices des brigands,

  « Et de l'or esclaves fidèles,

  « Immolent l'honneur aux présens.

  « La richesse seule est sacrée,

  « L'orphelin languit malheureux

« Et la veuve éplorée

« N'a point d'accès près d'eux.

« Ils bravent la honte et le blâme,

« Ils méprisent ce bras qui peut les accabler;

« Je saurai, dans la mort de cette race infame

« Me venger et me consoler !

« Hébreux, je défendrai ma loi que l'on diffame,

« J'élèverai ma main sur vous,

« Je vous purifîrai par le fer et la flamme,

« Et vous tomberez à genoux.

« Alors je vous rendrai des rois sans artifice

« Et des juges pleins d'équité,

« Et Sion rachetée enfin par la justice,

« Redeviendra la fidèle cité.

« Pécheurs, qui rejetez mes divines paroles,

« Vous vous épuiserez alors en vains regrets;

« Vous serez confondus jusques dans vos idoles.

« Alors vous rougirez de ces honteux bosquets,

« Tristes témoins d'un flétrissant hommage :

   « Alors desséchés, languissans,

« Comme un jardin sans pluie, un chêne sans feuillage,

« Vous serez dépouillés de tous vos ornemens.

« Je vous arracherai dans vos derniers momens

« La force, le courage et jusqu'à l'espérance

« Dont la voix consolante, allège la souffrance

   « Et berce les mourans. »

CHAPITRE II.

Établissement de l'Église et Conversion des Gentils. — Maison
de Jacob rejetée. — Désolation de Juda et de Jérusalem.
— Corruption et orgueil des princes du peuple d'Israël et
des filles de Sion.

QUELLE est dans ces vastes campagnes
Celle qui fait briller au sommet des montagnes
Son front majestueux couronné de splendeur ?
Au milieu d'un ciel pur la maison du Seigneur
Rayonnante de gloire apparaît à la terre,
Et les peuples pressés autour du sanctuaire

Accourent, pleins d'ardeur.

« Volons, se disent-ils à la montagne sainte

« Où le Dieu de Jacob se révèle aux humains :

« C'est là que nous irons dans les sentiers divins

« Qu'il trace aux serviteurs pénétrés de sa crainte.

« C'est de Jérusalem, de cet auguste lieu

« Que sortira la loi que nous devons attendre ;

« C'est de Jérusalem que doit sur nous descendre

« La parole de Dieu. »

Il vient. Des nations il juge l'existence,

Il condamne le vice, il dissipe l'erreur,

Et chasse devant lui la haine et la vengeance.

Les tristes instrumens d'une aveugle fureur

Préparent les sillons d'une heureuse abondance ;

Le monde est désarmé par l'éclat des vertus,

Et les peuples entr'eux ne se déchirent plus.

« Accourez, ô Jacob, à sa voix salutaire,

« Accourez, suivez Dieu, marchez dans sa lumière!..

« — Que vois-je?..... Israël rejeté,

« Et contre le Seigneur lâchement révolté!

« Israël à son Dieu parjure!

« Israël tout souillé de superstitions,

« Ainsi qu'un Philistin courbé devant l'augure,

« Et se traînant aux pieds des fils des nations!

« Israël étouffant d'orgueil et de misère,

« Couvrant tout le pays de coursiers et de chars,

« A son impiété prostituant les arts!

« Israël aveuglé, séduit par l'étrangère,

« Oubliant et le Ciel et ses nobles destins,

« Et pour comble d'horreur, Israël adultère,

« Israël adorant les œuvres de ses mains! (3)

« Que vois-je?..... du haut de leurs trônes

(3) Tableau des désordres dont Isaïe fut témoin sous les règnes d'Achaz et de Manassès, et qui devaient être portés à leur comble sous les derniers rois de Juda.

« Des rois applaudissant aux sujets corrompus,

« A Moloch, à Baal consacrant leurs couronnes!...

« Grand Dieu, saisis ta foudre et ne pardonne plus!...»

L'orgueil baissant les yeux avoûra sa faiblesse;

La grandeur, la richesse,

Retomberont dans le néant;

Dans ce terrible jour, Dieu seul paraîtra grand!

Les cèdres du Liban, les plus hautes montagnes,

Les plus solides tours, les plus vastes campagnes

Seront abîmés, confondus;

Rien ne résistera, rien ne brillera plus!

L'orgueil baissant les yeux, avoûra sa faiblesse;

La grandeur, la richesse,

Retomberont dans le néant;

Dans ce terrible jour, Dieu seul paraîtra grand!

Alors, environnés de gloire et de lumière,

    L'impie et le blasphémateur,

Dans le creux des rochers, dans le sein de la terre

    Descendront, frappés de terreur.

L'orgueil baissant les yeux, avoûra sa faiblesse ;

    La grandeur, la richesse,

    Retomberont dans le néant ;

Dans ce terrible jour, Dieu seul paraîtra grand !

Alors, précipité sur ses autels infames,

    Tout couvert du sang de ses dieux,

Jeté sur des débris dévorés par les flammes,

L'idolâtre mourant invoquera les Cieux.

L'orgueil baissant les yeux, avoûra sa faiblesse ;

    La grandeur, la richesse,

    Retomberont dans le néant ;

Dans ce terrible jour, Dieu seul paraîtra grand !

Il est venu ce temps de deuil et de tristesse !

Le céleste Dominateur...

Va ravir à Juda la force et la sagesse,

L'adresse et la valeur.

« Israël, c'en est fait ! le Seigneur t'abandonne !

« Il ne te reste plus que le brillant appui

« De rois efféminés dont le front avili

« Tremble sous la couronne. »

Le peuple se soulève et renverse le trône.

Tout est confondu, perverti ;

L'enfance attaque la vieillesse,

Le crime la vertu, les haillons la noblesse ;

L'homme tombe sur l'homme et l'ami sur l'ami.

Égaré par la faim, expirant de misère,

Le frère suppliant est aux pieds de son frère :

« Votre patrie en pleurs embrasse vos genoux ;

« Délivrez Israël, régnez et sauvez-nous ! »

— Moi, sur le trône !... Eh ! qu'y pourrais-je faire ?...

  « Je n'ai ni pain, ni vêtemens pour vous.

   « Une infortune extrême

  « Hélas ! vient aussi m'accabler,

  « Et las de pleurer sur moi-même,

  « Je ne saurais vous consoler. »

  Jérusalem va s'écrouler,

  Juda sur ses bases chancelle,

Sous le poids des forfaits la terre criminelle

  S'agite, et commence à trembler.

 « N'ai-je pas vu ses chefs infames,

  « Ces esclaves voluptueux,

  « S'humilier devant des femmes,

  « Et commander à des hébreux ! »

Les filles de Sion, perdant leur retenue,

Étudiant leur marche et cadençant leurs pas,

Le front haut et la gorge nue,

Parlent des mains, des yeux, et de leurs vains appas

Cherchent à captiver la vue.

Dieu les abaissera dans l'opprobre et le deuil;

Sa main dépouillera de toute sa parure

Ce front éblouissant couronné par l'orgueil;

Il leur enlèvera leur légère chaussure,

Leurs bracelets polis, leurs colliers élégans,

Leurs étoffes de lin, leurs écharpes brillantes,

Leurs croissans émaillés, leurs voiles transparens,

Et leurs riches manteaux et leurs robes flottantes;

Il empoisonnera leurs parfums précieux,

Il changera leur richesse en misère,

Leur ceinture en corde grossière,

Arrachera leurs superbes cheveux

Bouclés avec tant d'artifice,

Et déchirant leurs habits somptueux,

Les cachera sous un sombre cilice.

Alors, alors, les princes des hébreux

Seront moissonnés par l'épée,

Et d'Israël l'espérance trompée

Verra tomber la fleur des guerriers valeureux.

Sion, de sa peine accablée,

S'arrête, cède à son tourment,

Et sur la terre désolée,

Se repose en pleurant.

CHAPITRE III.

Ingratitude d'Israël. — Juda pris pour Juge. — Les Assyriens, les Egyptiens et les Chaldéens suscités contre les Hébreux.

« O mon peuple, écoutez le chant plein de tendresse,

    « Que mon bien aimé répétait,

    « Le cœur agité de tristesse,

    « A sa vigne qui l'oubliait.

    « Au sein d'une riche contrée

« Il fit naître la vigne objet de son amour.

« Par une haie épaisse il l'avait entourée ;

« Une superbe tour en défendait l'entrée,

« Et sur elle il veillait et la nuit et le jour.

« Tout fut perdu, ses soins, ses peines, sa tendresse ;

    « Sa vigne hélas ! n'eut que des fruits amers.

« En jugeant son amour, jugez de ses revers ;

« Sion, à votre cœur aujourd'hui je m'adresse !...

« Entre ma vigne et moi prononcez votre arrêt.

     « Pour elle que n'ai-je point fait ?

     « Quel tort me reprochera-t-elle ?

    « Est-ce d'avoir attendu trop long-temps

    « Qu'elle payât mes tourmens et mon zèle ?...

« C'en est fait ! je la livre à la fureur des vents ;

« La haie est arrachée et la tour écrasée.

    « Maudite, abandonnée, au pillage exposée,

    « Foulée aux pieds de ceux que j'ai vaincus,

« Elle desséchera sur un terrain fertile,

    « Et la nue, à ma voix docile,

« Ne l'arrosera plus.

« Mais quelle est donc cette vigne chérie?...

« Jetez les yeux sur vous.... N'est-ce point Israël?

« Israël n'est-il point cette race choisie

« Qu'à l'ombre de sa gloire éleva l'Éternel?

« N'ai-je point attendu des œuvres de justice?

« De vos iniquités je vois partout les fruits.

« N'ai-je point des méchans demandé le supplice?

« De mon peuple opprimé j'entends encor les cris.

« Malheur, malheur à vous dont l'ignoble opulence

« Veut envain se cacher d'un voile fastueux,

« Hommes vils, engraissés des pleurs de l'innocence,

   « Du sang des malheureux!....

   « Des dépouilles de l'indigence

« Hâtez-vous de jouir! Encor quelques instans,

« Vos immenses palais n'auront plus d'habitans!

« Sur ces monts couronnés d'une vigne abondante

« Vous verrez quelques ceps se traîner sans vigueur,

« Et vous fatiguerez une terre impuissante

    « Pour manger un pain de douleur!

« Mon peuple de ma loi n'a point eu la science;

    « Vaincu, captif, il se désole envain;

    « Partout, frappé de ma puissance,

    « Il traînera sa pénible existence,

« Desséché par la soif, dévoré par la faim....

    « L'enfer s'entr'ouvre .... il élargit son sein;

    « Israël tremble, et dans ce gouffre immense,

« La force, la valeur, la grandeur, la puissance,

    « Tout disparaît soudain.

« Sous le joug du Seigneur tous les mortels se plient :

    « Le peuple gémit terrassé;

    « Les princes tremblans s'humilient,

    « L'œil du superbe est abaissé.

    « Le Dieu terrible, en ce grand sacrifice,

« Exaltera son nom si long-temps oublié,

« Et le Dieu saint, dans sa justice
« Sera sanctifié !

« Les agneaux heureux et tranquilles,
« Dans leur gras pâturage oseront respirer ;
« L'étranger viendra dévorer
« Les déserts devenus fertiles.....

« Malheur à vous, pécheurs, qui suivant au hasard
« Le torrent des plaisirs, des vanités humaines,
« Traînez l'iniquité comme de longues chaînes,
« Et le péché comme les traits d'un char !
« Vous qui dites à Dieu : qu'il se montre en sa gloire !
« Que le ciel s'ouvre à ses ordres divins !
« Puisqu'il veut être adoré des humains,
« Que son tonnerre éclate et les oblige à croire !..

« Malheur à vous, dont les discours trompeurs

« De noms pompeux décorant l'injustice,

« Excusent l'infamie et couronnent le vice !

« Vous qui nommez les crimes des erreurs,

« Le culte un préjugé, l'honneur une chimère,

« La lumière la nuit et la nuit la lumière !

« Malheur à vous, hommes présomptueux,

« Pleins de vous-même et sages à vos yeux !

« Malheur à vous, hommes puissans à boire

« Et vaillans à vous enivrer !

« Vous, qui dans les excès avez mis votre gloire !

« Vous, qui, pour un or vil courant vous parjurer,

« Justifiez la fourbe et l'artifice,

« Et ravissez au juste sa justice !..... »

— N'ont-ils pas rejeté la loi de l'Éternel,

Blasphémé le Saint d'Israël ?

Comme le feu dévore une paille légère,

Jusques à la racine ils seront consumés.

La main de Dieu s'élève et pèse sur la terre ;

Il ébranle les monts, frappe de sa colère

Les coupables hébreux qu'il avait tant aimés.

Leurs corps sont déchirés, privés de sépulture,

Dans les places jetés comme la fange impure.

« Dieu n'est point satisfait, ô peuple réprouvé !

« Sa fureur dure encore et son bras est levé ! »

Le Seigneur déploîra l'étendard de la guerre.

A cet affreux signal, des bornes de la terre,

   Pour accomplir notre funeste sort,

Un peuple volera nous apporter la mort.

     Instrument du ciel qui l'entraîne,

   Il ne sent point la fatigue et la peine.

Jaloux de renverser nos antiques drapeaux,

Il marche sans jamais délier sa ceinture

     Et sans connaître le repos ;

Il ne s'affranchit point de sa pesante armure :

Son arc est toujours prêt, ses traits toujours perçans ;

Les pieds de ses coursiers aussi durs que la pierre,

Sous leurs coups redoublés faisant sonner la terre,

    Volent impatiens,

Et ses chars renversant tout ce qui les arrête,

Roulent avec fracas, prompts comme la tempête.

    Ainsi qu'un lion irrité,

Il s'agite, il rugit, se jette sur sa proie,

L'enlève, la déchire en frémissant de joie.

On oppose des pleurs à sa férocité.

Israël jette au loin ses regards sur la terre ;

    Pas un seul rayon de lumière

    Ne vient consoler sa douleur :

    Partout l'horreur de la misère,

    Et les ténèbres du malheur !

~~~~~~

CHAPITRE IV.

Vision d'Isaïe. — Malheurs qui menacent Israël.

Aux pieds des saints autels, plongé dans la prière,

J'abandonnais mon ame à l'esprit du Seigneur,

Quand soudain, ô moment de joie et de terreur !

Près de l'arche sacrée, au fond du sanctuaire,

Sur un trône superbe étincelant de feux,

Adonaï s'élève et commande à la terre.

De nombreux Séraphins tout brillans de lumière,

Du trône rehaussaient l'éclat majestueux ;

3

Six ailes s'échappaient de leurs corps radieux :

Deux ombrageaient leurs pieds, deux voilaient leurs visages

Et deux les soutenant au milieu des nuages

   Les enlevaient aux cieux.

De l'esprit du Très-haut leurs bouches animées

Répétaient à l'envi, dans leurs pieux concerts :

« Trois fois Saint est le Dieu, le Seigneur des armées,

« La gloire de son nom remplit tout l'univers ! »

La porte est ébranlée . . . . . une fumée épaisse

Dans le temple étonné se confond et se presse.

   « Malheur, malheur à moi,

« M'écriai-je, agité de douleur et d'effroi !

  « Je me suis tû. Mes lèvres sont impures,

« Et j'habite au milieu d'un peuple criminel !

  « Malheur à moi ! je suis plein de souillures,

   « Et j'ai vu l'Éternel ! »

J'ai dit . . . . un Séraphin, le ministre du ciel

Ravit dans son essor une pierre brûlante

Rougie au feu sacré qui brûlait sur l'autel,

Et l'approchant de ma lèvre tremblante :

« Pécheur, rassure-toi ! tu n'es point condamné,

« Ta bouche est consacrée et Dieu t'a pardonné !

« Alors Adonaï d'une voix solennelle :

« Qui pourrai-je envoyer vers ce peuple infidèle ?

« Qui voudrait s'exposer à défendre ma loi ?

— Me voici, je suis prêt... Seigneur, envoyez moi !

— Va crier dans Sion : écoutez sans comprendre !

« Ouvrez les yeux et ne distinguez pas !....

« Frappe, aveugle les cœurs de ces enfans ingrats,

« Endurcis-les, de peur qu'ils ne puissent t'entendre,

« Et que tes saints discours n'excitent leurs regrets !

« Fermé leurs yeux, assourdis leurs oreilles :

« Ils seraient convertis en voyant ces merveilles,

« Ils seraient convertis et je les sauverais !....

« Non, non, je ne veux point arrêter ma colère,

« Que la guerre et la mort n'ait désolé vos champs;

« Pour suspendre mes coups, j'attendrai que la terre

« Soit un désert couvert des débris des vivans!... »

Il dit, et devant lui chasse une race impie.

Sur la plage étrangère il jette les hébreux.

Quelques uns épargnés par le courroux des Cieux,

Restaient pour adoucir les maux de leur patrie.

Leurs forfaits du Très-haut rallument la fureur.

Sous les coups redoublés de son foudre vengeur,

On les voit s'ébranler, tomber et disparaître.

Les restes d'Israël, reconnaissant un maître,

Se traînent à l'autel, expirans de frayeur;

Ils invoquent leur Dieu, leur Dieu les fait renaître.

Tel que le chêne étend ses superbes rameaux,

Et sort majestueux de la forêt nouvelle,

Telle on voit s'élever une race fidèle,

De rejetons nouveaux.

CHAPITRE V.

Désolation de Juda et des dix Tribus.

En quoi ! de Siloé l'onde pure et chérie [4]
Aux yeux d'un peuple ingrat perd son antique honneur !
    Il la rejette avec horreur
Pour se désaltérer dans la coupe ennemie !
De Phacée et Rasin il implore l'appui !
Pour venger Siloé Dieu lancera sur lui

(4) La fontaine de Siloé coulait au pied du Mont-Sion ; elle est ici l'emblême de la maison de David.

Le Roi de l'Assyrie et toute sa puissance.

Ce fleuve impétueux s'échappe de son lit;

En mugissant dans la plaine il s'élance;

Dans sa marche rapide il s'élève, il grossit,

Roule ses flots bruyans en des rives nouvelles,

Étend au loin ses eaux comme deux vastes ailes,

Et cache votre terre, ô grand Emmanuel!

Qui pourrait arrêter l'homme de l'Éternel?

« Nations, accourez des confins de la terre:

« Armez-vous, volez à la guerre!

« Vos complots seront confondus,

« Et vos glaives brisés tomberont en poussière;

« Dieu combat avec nous et vous serez vaincus!

« Israël, veux-tu donc, à la voix de l'impie,

« A ton aide appeler l'enfer et la magie?

« Oserais-tu prier les cruels nécromans

« De murmurer pour toi de noirs enchantemens?

« Va consulter le Dieu qui t'a donné la vie,

« Et ne tourmente pas les morts pour les vivans !

« Jéhovah, l'Éternel, n'a-t-il plus de puissance?..

« Peuple orgueilleux, tu méprises sa loi,

« Tu rougirais d'implorer sa clémence ;

« L'aurore du bonheur ne luira plus sur toi :

« Tu seras dévoré de faim et de misère,

« Tu traîneras le crime et l'opprobre en tout lieu,

« Et tomberas, tremblant de honte et de colère,

« En maudisant ton Roi, ton pays et ton Dieu ! »

CHAPITRE VI.

Délivrance de Juda. — Règne du Messie. — Malheurs d'Israël.

L'UNIVERS consolé renaît à l'espérance,
Adonaï paraît. Le cri de délivrance
Réveille Zabulon ainsi que Nephtali.
Des nations la fière Gallilée,
La Samarie éperdue, accablée,
Sous son bras a fléchi.

Ce peuple qui, frappé de ses mains vengeresses,

Et flottant au milieu de ténèbres épaisses,

S'avançait au hasard, incertain de son sort,

Est frappé tout-à-coup d'une vive lumière,

Et le jour de la vie éclaire

Les pécheurs qui marchaient dans l'ombre de la mort.

C'est le Seigneur, qui frappant l'infidèle,

A brisé la verge cruelle

Dans les mains des bourreaux d'Assur.

Ils sont tombés aux pieds de leurs victimes;

Et leurs trésors, fruits de leurs crimes,

Leurs vêtemens, couverts d'un sang impur,

D'un feu vengeur sont devenus la proie.

Il vient, il vient le jour d'une éternelle joie!

« Écoutez Israël! un enfant nous est né!

« Pour le salut du monde un fils nous est donné! »

Il marche vers Sion ..... son épaule sacrée

A de la royauté la marque vénérée. (5)

Mais quels noms assez grands lui conviendront jamais?

Comment glorifier sa sagesse profonde?

Merveille de la terre et conseiller du monde,

Dieu fort, père du siècle et prince de la paix!...

Successeur de David il étend son empire,

Il établit la paix qui ne finira plus;

Son règne glorieux que le ciel même admire

S'affermit à jamais fondé sur les vertus.

Ainsi de notre Dieu la jalouse tendresse,

Couronnant tous ces dons par ce don précieux,

Jacob reçoit l'arrêt prononcé dans les cieux,

Israël en tombant accomplit la promesse.

Le peuple d'Ephraïm et le Samaritain,

Entendront la parole, et l'entendront envain.

Dans l'orgueil de leur cœur qu'ils répètent encore :

---

(5) C'était l'usage, chez les anciens peuples, de porter sur l'épaule les marques de sa dignité.

« Ravagez tous nos champs, abattez nos forêts;

« Nous planterons un cèdre au lieu d'un Sycomore.

« Renversez nos maisons, nous aurons des palais ! »

— Applaudis, Israël, ces clameurs insensées,

« Egare-toi comme eux dans tes folles pensées.

« Les vainqueurs de Razin vont t'apporter l'effroi,

« Et Dieu les précipite en foule contre toi.

« Déjà les Syriens, les Philistins s'avancent,

« Et pour te dévorer avec rage ils s'élancent.

« Dieu n'est point satisfait, ô peuple réprouvé,

« Sa fureur dure encore et son bras est levé ! »

Il ne se plaira plus dans la tendre jeunesse;

La veuve et l'orphelin offrent envain leurs pleurs.

L'enfant est sans pudeur, le vieillard sans sagesse;

La noire hypocrisie infecte tous les cœurs.

Ces hommes corrompus n'ouvrent leur bouche impie

Que pour en exhaler le crime et la folie.

Le Seigneur frappera le faible et le puissant,

Le rameau vigoureux et le roseau fragile,

Le vieillard vénérable et le prince opulent,

Le prophète menteur et la tourbe indocile.

« Dieu n'est point satisfait, ô peuple réprouvé,

« Sa fureur dure encore et son bras est levé ! »

L'impiété dans ton sein allumée

S'étend au loin comme un feu dévorant.

Sur l'épine et la ronce il vole en pétillant,

Embrase la forêt qui bientôt consumée,

S'élève dans les airs et se perd en fumée.

Ce peuple criminel enveloppé de feu

Se roule en blasphémant sur la plage enflammée,

Et de ses efforts abymée

La terre se taît devant Dieu.

La nature s'émeut, se trouble à sa colère ;

Le frère furieux se jette sur son frère.

Où se cacher? Partout on trouve le malheur ;

Partout l'horrible faim vous poursuit, vous harcelle,

Et l'on ne peut contenter la cruelle

Des faibles alimens que ravit la fureur.

Épuisé, succombant à sa misère extrême,

L'hébreu désespéré se dévore lui-même.

Ephraïm se soulève, attaque Manassès,

Manassès, Ephraïm; et pour comble d'excès,

Tous deux couverts de sang, dégouttans de carnage,

Sur leur frère Judas vont assouvir leur rage......

« Dieu n'est point satisfait, ô peuple réprouvé,

« Sa fureur dure encore et son bras est levé! »

~~~~~~

CHAPITRE VII.

Suite des Imprécations contre Israël. — Marche d'Assur, sa défaite. — Conversion des restes d'Israël.

« MALHEUR à vous, fauteurs de l'injustice !

« Malheur à vous, auteurs des lois d'iniquité !

« Malheur à vous, qui proclamant le vice,

« Légalisez la fraude et la cupidité !

« Frappez le pauvre, écrasez l'innocence,

« Dépouillez sans pitié la veuve et l'orphelin ;

« La loi vous couvrira de toute sa puissance

« Et les infortunés l'invoqueront envain !

« Que ferez-vous, ô juges de la terre,

« Le jour où le Seigneur viendra vous visiter ?

« Que ferez-vous dans ce jour où la guerre

« De son terrible aspect doit vous épouvanter ?

« Quel secours appeler ? où laisser votre gloire ?

« Où cacher ces honneurs que poursuit la victoire ?

« Que ferez-vous pour tromper leurs efforts,

« Pour n'être point courbés sous le poids de leurs chaînes

« Et tomber écrasés sous un monceau de morts ?

« Le Ciel entend vos cris et se rit de vos peines ;

« Dieu n'est point satisfait, ô peuple réprouvé,

« Sa fureur dure encore et son bras est levé !

    — Assur à mon ordre s'avance.

« Malheur, malheur à lui ! ma suprême puissance

« L'a choisi pour punir les perfides hébreux.

« Verge de ma fureur, instrument de vengeance,

« Qu'il obéisse et s'élève contre eux !

« Je les maudis, je les livre à sa rage ;

« Qu'ils soient vaincus, qu'ils soient humiliés !

« Qu'il les dépouille et les jette au pillage,

« Qu'il les égorge et qu'il les foule aux pieds ! »

Mais son ame perdue en sa vaine pensée

En s'élevant à Dieu croirait s'être abaissée.

Esclave de lui-même et de ses passions

Il chante ses exploits, et tout son cœur respire

La mort des Nations.

« Hébreux, entendez-vous son orgueilleux délire :

« Les princes valeureux qui servent mon empire

« Ne sont-ils point des rois que j'ai détruits ?

« Emath, Arphad, Damas et Samarie

« A mon pouvoir ne sont-ils pas soumis ?

« Ont-ils pu repousser mon armée aguérrie ?

« J'abattis leurs autels et j'emportai leurs dieux ;

« Ceux qu'on adore ici se défendront-ils mieux ? »

4

Le Seigneur laisse encore triompher sa clémence,

Il veut être vengé par un blasphémateur.

Sur la montagne sainte il le montre vainqueur,

Mais bientôt arrêtant sa coupable arrogance,

    D'un seul regard il abat sa puissance,

La fierté de ses yeux et l'orgueil de son cœur.

La voix de cet impie a frappé mes oreilles :

« Quel monarque jamais enfanta ces merveilles !

« Quel héros assez grand pour m'être comparé !

« Ma sagesse est le Dieu qui m'a seul inspiré.

    « Des nations je changeai les frontières,

« Je pillai leurs trésors, je dévastai leurs terres;

« Le glaive en main je leur dictai des lois,

« Et sur mon noble front entassant les couronnes,

« Mon bras terrible a du haut de leurs trônes

      « Arraché tous les rois.

« Comme on ravit les œufs que la mère délaisse,

« J'emportai l'univers et toute sa richesse;

« Sa force entre les mains de son fier ennemi

« Est comme un nid d'oiseaux qu'un enfant a saisi.

« Ils ne résistent point. Leur famille craintive

    « S'est laissée emmener captive

    « Sans battre l'aile et sans pousser un cri.

Ainsi contre le ciel Assur se glorifie.

    — « Vit-on jamais se soulever la scie

    « Contre la main qui dirige son cours ?

« La hache s'arracher à sa longue inertie,

« S'élever contre l'homme et menacer ses jours ?

« Le bâton impuissant prenant un nouvel être,

« Se mouvoir de soi-même et renverser son maître ? »

Ce Dieu qui l'a conduit et qu'il force à punir

Fait sécher l'Assyrie ivre de sa victoire,

Et je vois s'élever au milieu de sa gloire

L'incendie effrayant qui doit l'anéantir.

    « Grand Dieu, c'est de ton front couronné de lumière,

    « Que s'échappe ce feu vengeur,

« Qui dans un jour a dévoré la terre

« De l'orgueilleux triomphateur ! »

L'ornement de ses champs, l'honneur de ses bocages,

Tout par la flamme est dévasté.

Assur jette les yeux sur ces tristes ravages ;

Assur tremble lui-même et fuit épouvanté.

Jadis l'homme égaré dans ses forêts immenses,

Contemplait des milliers d'arbres majestueux

Qui semblaient jusqu'au ciel porter ses espérances,

Maintenant un enfant les compte dans ses jeux.

Les restes des hébreux rougissant de l'impie,

Honteux de s'appuyer sur le bras d'un mortel,

Repousseront alors la main qui les châtie,

Et se reposeront sur le Saint d'Israël.

Les Cieux long-temps muets et fermés pour le vice,

Attendris, s'ouvriront à la voix des vertus ;

Comme une eau bienfaisante on verra la justice

Inonder les élus.

« Que le Seigneur sur nous verse donc sa colère !

« Qu'il réduise son peuple aux vrais adorateurs !

« Qu'il saisisse son glaive et que tous les pécheurs

« Soient enfin retranchés du milieu de la terre ! »

— « Que faites-vous aux pieds d'un vainqueur odieux ?

« Hébreux, pouvez-vous craindre un roi de l'Assyrie ?

« Misérable jouet d'une aveugle furie,

« Assur vous portera mille coups douloureux ;

« Comme l'égyptien ce tyran vous opprime,

« Comme l'égyptien il tombera victime.

« Vous ne gémirez plus, ô peuple de Sion,

« Ses crimes ont comblé mon indignation.

« J'abattrai ce tyran et tous ses satellites,

« Sur ce blasphémateur je lèverai le bras,

« Comme au rocher d'Oreb sur les madianites,

« Comme sur Pharaon et ses nombreux soldats,

« Lorsque je refoulai la mer dans ses limites.

« Vous serez délivrés de la captivité,

« Vous serez arrachés au joug de l'Assyrie,

    « Et, respirant un air de liberté,

    « Vous oublîrez jusqu'à la tyrannie! »

Assur court sur Ajath, Magron est traversé.

Au milieu de Machmas il laisse son bagage,

    Comme un éclair il a passé.

A l'aspect de son camp Gaba frémit de rage,

    Rama s'étonne, et Gabaath s'enfuit.

    « O fille de Gallim, l'ennemi te poursuit!

    « Chante ton infortune et que ta voix plaintive

       « Trouble Anathoth et frappe Laïsa!

    « Gabim, apprêtez-vous! » déjà Médimena

S'élance de ses murs pour n'être point captive;

Encore un jour Nobé verra ce fier vainqueur

Menacer de la main notre sainte colline,

Et de Jérusalem annoncer la ruine.

Mais Dieu l'a renversé du char triomphateur,

Le Seigneur l'a brisé comme un vase de terre.

Les grands humiliés sont frappés de son bras,

Les Cèdres élevés tombent dans la poussière,

Et le Liban détruit s'écroule avec fracas.

CHAPITRE VIII.

Naissance du Messie. — Conversion des Gentils. — Réunion
d'Israël et de Juda.

SOUDAIN dans son éclat, sa grandeur, sa richesse,

S'est élevé le germe du Seigneur,

Et de la terre pécheresse

Le fruit majestueux brille entouré d'honneur. (6)

(6) Ces quatre premiers vers appartiennent au chapitre troisième, ne
l'ayant point traduit j'ai cru convenable de les placer ici, puisqu'ils se rap-
portent à la prophétie suivante, de la venue du Messie.

« O Jessé, c'est de toi qu'est sorti ce prodige ! (7)

« La plus belle des fleurs s'élève de ta tige ;

« Un noble rejeton de ton sein a jailli ! »

L'Esprit de piété, l'Esprit d'intelligence,

De force et de conseil, de grace et de science,

L'Esprit du Tout-puissant s'est reposé sur lui.

La crainte du Seigneur remplit sa vie entière.

Jamais sur l'apparence il ne peut condamner ;

Il est lent à punir et prompt à pardonner.

Indulgent pour l'erreur, tendre pour la misère,

Vengeur de la faiblesse et de l'humilité,

De sa parole sainte il frappera la terre,

Et son souffle sacré tûra l'impiété.

Nul vice n'a souillé son ame toujours pure ;

  Son baudrier est la fidélité,

---

(7) De la tige de Jessé, c'est-à-dire, d'Isaï père de David que les septante nomment partout Jessaï d'où était venu dans l'ancienne Vulgate le nom de Jessé qui a été ici conservé.

Et la justice est sa ceinture.

La paix couvre le monde ; il n'est plus d'ennemi.

Le loup suit la génisse aux mêmes pâturages,

Et le lion, la terreur des bocages,

 Près de l'agneau perdant ses mœurs sauvages,

  Devient doux comme lui.

  De Jessé la fleur salutaire

Comme un signe éclatant à fixé tous les yeux ;

  Ce noble fils des Cieux

Des peuples prosternés a reçu la prière,

  Et son sépulcre est glorieux.

 De Jéhovah sur les rives lointaines

L'étendard se déploie, et soudain ses enfans,

  De leurs vainqueurs brisant les chaînes,

  Accourent triomphans.

Dans Ephraïm Juda retrouve un frère,

  Et leurs combattans réunis,

Marchant sous la même bannière,

Ont terrassé les ennemis.

De leurs vaisseaux déjà la formidable armée

A volé sur les flots.

Déjà Moab et l'Idumée

Ont fléchi devant leurs drapeaux.

Ils marchent .... l'honneur, la victoire,

Partout leur offrent des lauriers;

Mais le jour du succès, si beau pour des guerriers,

Pour les fils d'Israël n'est pas le jour de gloire!...

« Que ta voix, ô Sion, monte vers le Seigneur!

« Grand Dieu, tu laisses donc reposer ta fureur!

« Mes péchés demandaient un sanglant sacrifice,

« Et la miséricorde apaisant la justice

« A consolé mon cœur.

« Oui, c'est la bonté même aujourd'hui que j'implore !

« Oui, c'est un Dieu Sauveur que le Dieu que j'adore!

« Je viens de mon amour lui payer le tribut.

« Que craindrai-je? son nom m'assure la victoire;

« Il était mon soutien, et ma force et ma gloire,

    « Il devient mon salut.

« Fils de Jacob, fuyez ces plages étrangères,

« Où vous prostituez votre encens et vos vœux;

« Venez, venez puiser aux sources salutaires

« Qu'il veut ouvrir à tous les malheureux.

    « Ivres de joie et de reconnaissance,

« Vous vous écrîrez tous : Chantez le Tout-puissant,

« Célébrez ses bontés et sa magnificence,

    « Souvenez-vous que son nom seul est grand.

« Dites aux nations l'œuvre de sa tendresse,

« Courez à l'univers annoncer sa sagesse;

« O Maison de Sion tressaille d'allégresse,

« Eclate en chants sacrés, et bénis l'Éternel;

    « Du triomphe le jour avance!

« Au milieu de tes murs, dans l'ombre et le silence

« S'élève le Saint d'Israël ! »

CHAPITRE IX.

Ruine de Babylone par les Mèdes et les Perses.

« Appelez tous les maux sur cette ville impie,

« Élevez l'étendard sur ce mont nébuleux,

« Criez aux ennemis, levez la main contre eux,

   « Et que Babylone asservie

   « S'ouvre aux soldats victorieux.

« J'ai nommé mes guerriers pour ce jour de victoire ;

« Je les ai consacrés dans les champs de l'honneur ;

   « Heureux de servir ma fureur,

« Ils triompheront dans ma gloire.

« Les monts ont retenti déjà de mille voix.

« Tout s'émeut, Babylone, à ta triste conquête;

« Déjà la foule en tumulte s'apprête,

« Et l'on entend les cris des peuples et des rois.

« Indignes instrumens de ma sainte colère

« Ils se sont élancés ces guerriers valeureux,

« Et des confins du monde et des bornes des cieux.

« Je les conduis moi-même exterminer la terre.

« Peuples, jetez des cris, poussez des hurlemens,

« La désolation du ciel est descendue,

« Le jour de Dieu s'approche et votre heure est venue.

« Que feront vos guerriers? leurs bras sont languissans,

« Leurs cœurs sont amollis et brisés par la crainte,

« La valeur indignée a fui de cette enceinte.

« Que feront-ils à l'aspect de leur Dieu,

« Quand la terreur en traits de feu

« Laissé déjà sur leurs visages

« De leurs tourmens secrets les tristes témoignages?

« Ils s'abandonneront à leurs afflictions:

« Agités de douleurs et de convulsions,

  « Ils gémiront d'une voix déchirante,

« Comme une femme au jour de son enfantement.

« Engourdis de stupeur, muets d'étonnement,

« Avant d'être frappés, ils mourront d'épouvante.

  Le voici le jour du Seigneur,

Jour cruel, jour d'horreur, de peine et de misère !

La nature est en deuil, le ciel dans la douleur.

Le soleil s'obscurcit et sa pâle lumière

D'un voile ensanglanté semble couvrir la terre.

  — Oui, je viendrai punir l'iniquité,

« Je viendrai les troubler dans leur impiété ;

« J'humilîrai des grands la coupable arrogance,

  « Des nations j'abattrai la fierté....

« Dans ces jours de fureur, dans ces jours de vengeance,

5

« Bien plus que l'or d'Ophir un homme est précieux ;

 « Tout l'univers a senti ma puissance,

« Je déplace la terre et j'ébranle les cieux. »

Comme le daim léger, la brebis égarée,

On voit s'enfuir au loin Babylone éplorée.

De son peuple abhorré détestant les regards,

les soldats étrangers quittent ses étendards,

Et courent se cacher au fond de leur patrie.

Ils seront dévorés par l'épée ennemie

Tous ceux qui, pour défendre une race avilie,

Oseront s'enfermer dans ses murs criminels.

Les fils seront brisés sous les yeux paternels,

Les monumens détruits, les maisons saccagées,

Et devant leurs époux les femmes outragées.

Les Mèdes à mourir les ont tous condamnés ;

On ne les touche point par de vaines largesses,

Ils préfèrent le sang à toutes les richesses.

Les enfans en naissant tombent assassinés ;

Mais ce n'est point assez, et leurs mains meurtrières

Iront chercher encor dans le sein de leurs mères

Ceux qui ne sont pas nés !

Malgré l'éclat trompeur dont elle se décore,

Babylone est tombée avec ses vanités ;

L'orgueil des Chaldéens, la reine des cités,

Babylone est tombée et sa fierté déplore

Le jour où l'univers admirait sa splendeur.

Ainsi que Sodome et Gomorrhe,

Elle s'évanouit à la voix du Seigneur.

Jusqu'à la fin des temps maudite et délaissée,

Elle gémit sur ses murs abattus,

Et sa tête orgueilleuse une fois abaissée

Ne se relève plus.

A son aspect, poursuivi par la crainte,

L'arabe ne veut point un instant l'habiter ;

Le pâtre fatigué, dans sa terrible enceinte

    N'ose point s'arrêter.

Là, des dragons s'établit le repaire ;

L'air retentit de tristes sifflemens ;

Des animaux cruels la tourbe sanguinaire

Y vient mêler encor ses affreux hurlemens.

L'écho tremble... Du fond des nobles édifices

Ont répondu de sinistres oiseaux,

Et courant habiter ces palais de délices

Des monstres effrayans abandonnent les flots.

CHAPITRE X.

Délivrance de Jacob. — Chûte du Roi de Babylone. — Défaite des Assyriens. — Promesses à Juda. — Imprécations contre les Philistins.

« BABYLONE, il est temps d'oublier ta puissance,

« Le jour fatal se lève où tu ne seras plus.

« Dieu regarde Jacob d'un œil de bienveillance,

« Au milieu de son peuple il choisit ses élus.

« Levez-vous, Israël, remontez sur le trône,

« Levez-vous et criez au roi de Babylone :

— Qu'est devenu ce tyran orgueilleux,

« Ce tyran si jaloux des droits de sa couronne?

« Comment ont-ils cessé ces impôts odieux?

  « Qu'est devenu ce maître impitoyable,

« Ce héros si vanté, ce conquérant si fier,

« Dont les peuples frappés d'une plaie incurable,

« Gémissaient écrasés sous un sceptre de fer? »

Sur son trône la foudre gronde,

Dieu renverse l'impie et délivre le monde.

De sa chûte étourdi, tout l'univers se taît.

La terreur un instant arrête son ivresse.....

Il revient à lui-même, il s'éveille, il renaît,

Et la terre a poussé mille cris d'allégresse;

Au sommet du Liban les cédres sont émus :

« Tu dors, te disent-ils, dans leur joie ennemie!

« Qui pourrait contre nous lever sa main hardie?

« Tu dors et nous ne craignons plus! »

L'enfer même est troublé dans ses cavernes sombres.

Les géans à sa voix soudain sont accourus ;

Les rois des nations, les monarques des ombres

De leurs trônes sont descendus :

« Te voilà donc, ô souverain du monde,

« Te voilà donc percé des mêmes coups !

« Te voilà donc jeté dans cette nuit profonde,

« Oublié comme nous !

« Ton cadavre a roulé dans une fange impure.

« Ton orgueil est tombé dans le fond des enfers.

« Tu couches sur la pourriture

« Et tes vêtemens sont les vers.

« Comment es-tu tombé du ciel dans la poussière,

« Fils de l'aurore, astre majestueux,

« Toi qui promenais sur la terre

« Ton char victorieux ?

« Tu disais, caressant ta coupable espérance :

« Sur le sommet sacré du mont de l'Alliance

« Je veux me reposer aux pieds de l'aquilon,

« Et sur le firmament établissant mon trône,

« Les astres pâliront auprès de ma couronne,

« Ma gloire de ses feux couvrira l'horison.....

« Les peuples effrayés m'offriront leurs hommages,

« Et m'élevant au-dessus des nuages,

« J'apparaîtrai semblable à l'Éternel!

« Tu le disais, aveuglé par ton crime,

« Tu le disais, et du sommet du ciel

  « Tu tombes dans l'abîme,.....

« Tu tombes, et l'on doute encor de la victime;

« Pour mieux te reconnaître on s'incline vers toi:

« Est-ce bien là celui qui sur toute la terre

  « A répandu l'effroi?

« Est-ce bien là celui dont la main téméraire

« Détruisit les cités, dépeupla l'univers,

« Fit mourir ses captifs sous le poids de ses fers?

« Les rois des nations s'endorment dans leur gloire,

  « Ils ont tous leur tombeau;

« Et toi, du monde inutile fardeau,

« La terre rougirait d'honorer ta mémoire.

« Au milieu des soldats tu seras confondu,

« Mais ton cadavre infect, sur la terre étendu,

« Couvert de sang, souillé d'une poussière immonde,

« N'est pas même jeté dans la fosse profonde

     « Où ton armée a descendu.

« Auprès d'eux pourrais-tu reposer sans injure?

« Tu massacrais ton peuple et pillais tes états;

« Va pourrir sans honneur, privé de sépulture.

« Que vois-je? ses enfans ne le suivront-ils pas?

« Levez tous vos poignards et purgez la nature

     « Du sang des scélérats.

    « Qui vous arrête? oubliez-vous leur père?

« Ne sont-ils point les fils de ses iniquités?

« Le crime ne doit point hériter de la terre

     « Ni bâtir des cités.

« Sur leurs fronts abattus je brise leur couronne,

« Je veux perdre à jamais le nom de Babylone,

« J'extermine ses rois et son peuple et ses dieux,

« Et jusqu'au germe impur de ses derniers neveux.

« Ainsi des nations le sanglant sacrifice

« Doit enfin satisfaire au cri de ma justice ;

« Mon indignation va descendre sur vous.

« Est-il dans l'univers un pouvoir qui m'arrête,

« Et qui de ma colère, apaisant la tempête,

    « En détourne les coups ? »

Au milieu d'Israël le prophète Isaïe

    A dirigé ses pas.

Agité par l'esprit, il s'arrête, il s'écrie :

« Terre des Philistins ne te réjouis pas :

« Ton oppresseur n'est plus, un autre va paraître.

« Ne te réjouis pas ! un basilic doit naître

« Du serpent monstrueux qui déchirait tes flancs.

« Tes enfans veulent fuir pour éviter sa rage.

« Gorgé de sang et de carnage,

« Sur les corps palpitans

« En sifflant il s'élève, et son horrible haleine

« Les suit, les atteint, les enchaîne,

« Et les abreuve de poisons.

« Tu pourras, ô Juda, saluer les rayons,

« De la douce espérance!

« Les premiers nés de l'indigent,

« Jouissant dans ton sein d'une heureuse abondance,

« Sous les ailes du Tout-puissant

« S'endormiront du sommeil de l'enfance.

« Mais vous, ô Philistins, frappés de mon courroux,

« Poursuivis par la guerre, atteints par la famine,

« Je vous dessécherai jusques à la racine.

« Je veux anéantir ce qui reste de vous!

« Que des cris de douleur les villes retentissent!

« Sur les gonds ébranlés que les portes gémissent!

« Le pays a tremblé sous les pas du vainqueur;

« Du sein de l'aquilon s'élance son armée,

« Et comme un tourbillon de flamme et de fumée

« Entraîne tout dans sa fureur.

« Que répondront à ces tristes nouvelles

« Les envoyés des peuples infidèles ?...

« Sion ne peut tomber... Dieu soutient les hébreux ;

« Les peuples d'Israël aux puissans de la terre

« N'osent point confier leurs vœux ,

« Et, méprisant la grandeur passagère,

« Ils ont placé leur espoir dans les Cieux ! »

CHAPITRE XI.

Désolation et Ruine de Moab.

La nuit obscure appelle le pillage.
La ville d'Ar voit ses murs abattus;
 Elle se taît au milieu du carnage,
 Elle est frappée..... elle n'est plus !
Moab se cachera dans ses forts imprenables;...
Aux ennemis hélas ! il est déjà soumis;
Ses princes, entourés de leurs sujets coupables,
Aux pieds de leurs dieux exécrables,

Vont pousser d'inutiles cris.

Un désordre effrayant règne dans leur parure,

Leur barbe a disparu sous un fer odieux ;

　　Ils se meurtrissent la figure,

　　　　S'arrachent les cheveux.

Ils s'avancent vêtus de lugubres cilices ;

Les places, les maisons, les toits, les édifices,

Tout retentit au loin de hurlemens affreux ;

Tout semble prononcer l'arrêt de leurs supplices.

Ils tombent épuisés de leurs longues douleurs,

Et l'on entend les cris s'éteindre dans les pleurs.

Hésébon se lamente..... Éléalé soupire...

Jasa s'émeut à leurs tristes accens,

Moab à sa défense appelle ses enfans.

Les indignes guerriers, soutiens de son empire,

Veulent envain chasser de leurs cœurs éperdus

La terreur qui les suit et qui les deshonore,

　　Et leur ame gémit encore

Lorsque leur voix ne s'entend plus,

    Comme une génisse timide,

Je les vois à Ségor s'enfuir d'un pas rapide

    Ces lâches défenseurs.

De Luith en pleurant ils montent la colline,

    Et les chemins, témoins de leur ruine,

    Retentissent de leurs clameurs.

Je gémis avec eux, j'éprouve leurs malheurs,

Et de mes ennemis je plains les destinées.

Les ondes de Nemrim seront abandonnées,

Les plantes languiront, l'herbe se séchera,

Et des riantes fleurs qui couronnent leurs plaines

    La beauté s'évanouira;

    Sur leurs forfaits Dieu mesure leurs peines,

De la main des vainqueurs il frappe leurs guerriers,

Et l'Euphrate surpris les a vus prisonniers.

Au loin déjà de ses plaintes amères

Moab de son pays désole les frontières.

Les cris descendront à Gallim,

Les hurlemens iront jusques au puits d'Élim !

Dans les eaux de Débor déjà le sang ruisselle.

Mais que Moab attende une douleur nouvelle....

D'un lion furieux prêt à le dévorer

J'aperçois l'image cruelle,....

Il reste encor des malheurs à pleurer !....

CHAPITRE XII.

Agneau envoyé de Moab. — Endurcissement des Moabites et
leur prochaine désolation.

« Dieu Tout-puissant, cédez à ma prière,

« Du désert de Moab attendrissez la pierre !

« Qu'elle puisse enfanter l'Agneau dominateur,

« L'Agneau sacré, qui de toute la terre

« Triomphera par sa douceur !...

Comme l'oiseau qui trompe une main ennemie,

6

S'échappe de son nid et s'envole tremblant,

Les filles de Moab désertant leur patrie,

   Passent l'Arnon en gémissant.

« Le vainqueur vient, Moab, le péril presse...

« Cache les fugitifs errans dans tes états;

   « Que l'éclat du jour disparaisse,

   « Et qu'il se change en une nuit épaisse

« Pour mieux lui dérober la trace de leurs pas!

« Et quoi! de l'oppresseur craindrais-tu la colère?..

« L'enfant de la poussière est réduit en poussière;

   « Il est tombé le despote odieux,

     « Le tyran qui foulait la terre

     « De ses pieds orgueilleux.

« Jéhovah, d'Israël relève la couronne,

« Dans sa miséricorde il prépare le trône

« Où je vois s'élever, conduit par la vertu,

« Un monarque pieux de David descendu.

« Moab n'est point touché dans ces jours de clémence,

« Il est courbé sous le poids du malheur,

« Et son orgueil encor surpasse sa puissance.

« Qu'il vante de ses murs la force et la grandeur,

« Qu'il exalte sa gloire et sa magnificence,

« Dites-lui ses revers et sa longue douleur!... »

Moab contre Moab a vomi sa colère,

Ses fils dénaturés ont déchiré leur mère.

Dans les champs d'Hésébon règne un silence affreux,

Le carnage et la mort ont passé dans ces lieux.

Déjà de Sabana les vignes arrachées

Étendent à Jaser leurs branches desséchées.

Je vois leurs tristes ceps cachés dans les déserts,

Leurs faibles rejetons fuyant au sein des mers.

« Puis-je ne pas pleurer tes vignes désolées?..

« Qu'aux larmes de Jaser mes larmes soient mêlées!..

« Ma voix s'éteint, mes yeux sont noyés dans les pleurs.

« Mais quoi!.. faut-il encor de nouvelles douleurs?...

« Tout l'univers contre vous se déclare...

« O triste Éléalé ! malheureux Hésébon !

« Mon cœur est oppressé de votre affliction ;

  « Quel sort affreux, hélas ! on vous prépare !

« Je vois déjà tous vos champs envahis,

« Et j'entends les clameurs de l'ennemi barbare,

« Dont les pieds ont brisé vos ceps et vos épis.

« Moab, de toutes parts s'écroulent tes murailles !

  « Ma voix, perdue en longs gémissemens,

« D'une harpe plaintive imite les accens,

   « Et je sens frémir mes entrailles

    « A tes cris déchirans ! »

D'un peuple criminel le déplorable reste,

Las de sacrifier envain sur les hauts lieux, [8]

Dans les temples maudits court adresser des vœux,

   Et de sa prière funeste

---

(8) Le Seigneur avait défendu aux hébreux de prier sur les *hauts lieux* où les idolâtres offraient leurs sacrifices.

Irrite encor le Ciel en invoquant les dieux.

Envain depuis long-temps, de la sainte colline

Jéhovah à la terre annonce sa ruine.

De la clémence, hélas! le moment est passé,

Et l'arrêt foudroyant est enfin prononcé!..

    Comme le mercenaire

Vient au moment fixé recevoir son salaire,

Les saisons n'auront point trois fois changé la terre,

Que ces peuples nombreux, l'effroi des ennemis,

Ces peuples si long-temps guidés par la victoire,

    Aux yeux de l'univers surpris

    Disparaîtront avec leur gloire.

L'avenir effrayé cherchera leurs enfans,

Et verra s'élever du milieu des ruines

Quelques infortunés des vengeances divines

    Les tristes monumens!

CHAPITRE XIII.

Ruine de Damas et de Samarie. — Défaite de Sennachérib.

« Où chercher de Damas la cité florissante ?

« Comment ont disparu ces superbes remparts ?

« Rien ne répond hélas ! à ma voix gémissante,

« Et des monceaux de pierre attristent mes regards.

« Les villes d'Aroër sont donc abandonnées !

    « La foule des troupeaux

    « Remplit les maisons ruinées,

« Il n'est plus d'habitans pour troubler leur repos ! »

Le soutien d'Éphraïm, la fière Samarie,

Les restes malheureux de la triste Syrie,

Le règne de Damas et l'honneur d'Israël,

Tout doit s'anéantir, a juré l'Éternel.

Jacob a vu passer les jours de sa puissance ;

Son éclat disparaît, sa gloire s'obscurcit,

Et son corps vigoureux, miné par la souffrance,

　　S'épuise et s'affaiblit.

Il est tel que le pré dépouillé de verdure,

Le champ où l'on a fait une riche moisson,

Tel que de Rephaïm le fertile vallon,

Lorsqu'il vient de quitter sa riante parure ;

Il est tel que la vigne où le passant surpris

Voit, après la vendange, une grappe isolée,

Ou tel que l'olivier dont la tige ébranlée

Sur ses rameaux tremblans garde encor quelques fruits.

« Malheur, malheur à ces hordes nombreuses

« Dont la marche bruyante est l'image des flots !

« Malheur, malheur aux voix tumultueuses

« Dont les sons discordans ont brisé les échos !

« Comme un sable léger chassé dans les campagnes,

« Comme les tourbillons, au sommet des montagnes

    « Aussitôt nés que disparus,

« Comme les ouragans dont la voix effrayante

   « Trouble un instant les airs émus,

    « Le soir, ils semaient l'épouvante,

    « Et le matin ils ne sont plus ! . . . .

CHAPITRE XIV.

Malheur de l'Éthiopie. — Délivrance de Juda.

« Malheur, malheur à cette terre

« Qui, des ailes de ses vaisseaux,

« Veut couvrir la plage étrangère,

« Et qui s'enorgueillit de leur ombre légère

« Qui s'étend au loin sur les flots !

« Malheur, malheur à la terre ennemie

« Reculée au delà des eaux d'Éthiopie !

« Malheur au peuple vain dont les ambassadeurs

« Sur des barques de jonc, sans crainte du naufrage,

« Viennent, enflés d'orgueil et bouillans de courage,

« De la mer en courroux défier les fureurs !

« Leur maître impérieux, touché de nos douleurs,

« Les envoie annoncer ses soldats intrépides :

    « Volez, volez, anges rapides,

    « Vers ce peuple abattu, ce peuple déchiré,

    « Qui compte sur le ciel pour être délivré ;

    « Ce peuple, qui jadis enchaînait la victoire,

« Dont le cœur maintenant ne bat plus pour la gloire,

« Qui cède au moindre choc, et sans peine asservi,

« Subit le joug honteux du plus faible ennemi.

« Volez vers cette terre impure et dégradée,

« D'esclaves, d'oppresseurs, de tyrans inondée !

« Qu'ils viennent ces tyrans, je veux les enchaîner,

« Et, couvrant Israël de toute ma puissance,

« Mon bras aura bientôt conquis la délivrance

« Que son Dieu lui promet et ne peut lui donner.

— Préparez - vous, habitans de la terre,

« Lorsque son étendard brillera sur les monts,

« Et que la trompette guerrière,

« Retentira dans les vallons ! »

Au milieu d'Israël il paraît, et sa vue

Est comme la lumière au milieu d'un beau jour,

Comme un nuage de rosée,

Qui redonnant la vie à la terre épuisée,

De l'heureux moissonneur provoque le retour.

Chargée avant le temps d'une fleur passagère,

Sa vigne ne doit point mûrir,

Et la récolte qu'il espère

Va pour toujours s'évanouir !

Déjà, déjà, flétrie, abandonnée,

Cette vigne, de fleurs et de fruits couronnée,

A vu ses rejetons moissonnés par la faux ;

Elle sent défaillir sa tête languissante,

Et frappée elle-même, elle tombe mourante

    Sur ses derniers rameaux.....

Les fils de cette terre impure et dégradée,

D'esclaves, d'oppresseurs, de tyrans inondée,

Au Dieu qui les délivre apportent leurs présens,

Gravissent, en chantant, la montagne sacrée,

Et je vois s'élever vers la voûte éthérée

    Et leur prière et leur encens.

~~~~~~

CHAPITRE XV.

Malheurs de l'Égypte. — Union des Égyptiens et des Hébreux
dans le culte du Seigneur.

ADONAÏ porté sur un léger nuage

De la fière Memphis a touché le rivage.

A son aspect, les dieux frémissent de terreur,

L'airain s'émeut, frappé d'une crainte subite ,

Le marbre inanimé se tourmente et s'agite ,

Et le cœur de l'Égypte a séché de frayeur.

« J'ai semé dans leur sein la discorde et la guerre ! »

Le frère furieux marche contre son frère,

Les soldats révoltés poursuivent les soldats,

Les pères ont maudit les enfans indociles,

Les villes en tumulte arment contre les villes,

Les états divisés renversent les états.

Le Nil ne suivra plus ses ondes fugitives

Dans les mille détours de ses nombreux canaux :

On ne le verra plus, échappé de ses rives,

Comme une vaste mer étendre au loin ses flots ;

L'herbe qu'il fécondait est flétrie et brûlée,

Et jusques sur ses bords, au sein de la vallée,

Meurent les joncs et les roseaux.

A ce lugubre aspect, le pêcheur perd courage,

Il promène sur l'eau ses regards inquiets,

Et, saisi de douleur, tombe sur le rivage

En pleurant ses filets.

« Souverains de Memphis, où sont donc tous vos sages

« Qui charmaient votre orgueil par leurs heureux présages?

« Qu'ils viennent du Très-haut révéler les desseins!

« Qu'ils viennent à l'Égypte apprendre ses destins!

Les princes de Tanis, jouets de leur folie,

Dans leur vaine espérance, hélas! se sont perdus.

Les princes de Memphis languissent abattus;

Ils ont séduit l'Égypte en vantant son génie

      Et la force de ses tribus.

Un esprit de vertige est répandu sur elle.

Aveuglés par leurs chefs les malheureux sujets

S'égarent dans leur vie impie et criminelle;

Mais bientôt, fatigués de conseils, de projets,

Ils repoussent la main insensée et cruelle

      Qui voulait diriger leur sort,

      Comme un démon qui les harcelle

      Et les précipite à la mort.

Ainsi l'homme ivre qui chancelle,

7

Sent ses pieds attachés au milieu du chemin,

Dans la fange long-temps s'épuise, se tourmente,

Pour soulager son corps chargé de vin,

Se roule, se débat, tout couvert de poussière,

    Et finit par salir la terre

    Des restes hideux du festin.

Memphis dans sa valeur ne trouve plus de guide,

    Memphis n'est plus qu'une femme timide ;

Le fils de ses guerriers sollicite un appui ;

Il s'étonne, il se trouble, il tremble d'épouvante,

Il a vu du Seigneur la droite menaçante

    Qui s'agitait sur lui.

Il prie..... il est béni..... l'Égypte est consacrée.

Cinq villes ont parlé la langue d'Israël.

La cité du Soleil, (9) du Ciel même inspirée,

    Jure par l'Éternel.

---

(9) C'est Héliopolis, ville située entre le Nil et la mer Rouge. Héliopolis
en grec, signifie ville du Soleil.

Saisis d'une pieuse crainte,

Égyptiens, hébreux, unis par la loi sainte,

Tombent au pied du même autel.

Le ciel s'ébranle,.... il s'ouvre à leur prière,

Et la voix du Seigneur a réjoui la terre.

CHAPITRE XVI.

Ruine de Babylone. — Malheurs qui menacent l'Idumée et l'Arabie.

Du milieu du désert, d'une terre effroyable

Je le vois s'élancer ce terrible ennemi,

Ce tourbillon chassé par le vent du midi!....

Horrible vision!.... spectacle épouvantable!....

Avenir déchirant que m'offre Adonaï!....

Dans son impiété l'incrédule affermi,

Par des forfaits nouveaux toujours se déshonore,

Celui qui détruisait, hélas! détruit encore!....

Babylone s'endort dans ses plaisirs impurs.

« Volez, volez Élam, (10) Mède, assiégez ses murs.

    « Mes yeux sont las de voir ses crimes,

      « Je veux de ses tristes victimes

      « Appaiser les clameurs!.... »

    Tourmenté d'angoisses aigües,

Comme une pauvre mère, au jour de ses douleurs,

J'ai senti déchirer mes entrailles émues.

    La frayeur saisit tous mes sens,

    Tout ce que je vois m'épouvante,

  Je suis troublé de tout ce que j'entends!....

Mon corps est abattu,... mon ame est languissante,

  Une profonde nuit s'appesantit sur moi,

    Et Babylone, autrefois mes délices,

  Riche de ses forfaits et fière de ses vices,

---

(10) Les Perses s'appelaient Élamites à cause de la province d'Élam, la‑
quelle tirait elle‑même son nom d'Élam, un des fils de Sem.

M'est un sujet d'effroi.

« Consacrez au plaisir cette heureuse journée !

    « Que la table soit couronnée

    « De vins exquis et de mets délicats !

    « Chassez ses timides alarmes,

    « Vos gardes ne veillent-ils pas ?.... »

—Princes, que faites-vous ?.. jetez-vous sur vos armes

    « Et volez aux combats ! »

— Quel est cet étranger à la taille imposante,

« Ce soldat inconnu dont l'armure éclatante

« A travers les créneaux au loin se réfléchit ?... »

— Du Tout-puissant je suis la sentinelle.

« Immobile à mon poste, à mes devoirs fidèle,

    « Je veille le jour et la nuit. »

Comme un lion soudain elle mugit,

Et j'entends retentir la terrible sentence :

« Babylone est tombée et son culte odieux !

« Babylone est tombée et toute sa puissance !

« Sur le sol indigné j'ai vu briser ses dieux !...

   « Et vous, et vous, dont les larmes amères

   « Ont expié l'orgueil des jours prospères,

« Hébreux, peuple chéri que je laisse affligé,

« J'annonce du Seigneur la divine parole,

   « Dans l'avenir, qu'Israël se console,

« Israël, Israël, un jour sera vengé !..... »

— Qu'entends-je ?... quelle voix m'appelle ?...

« Quel cri vient de Séir ?.. (11) Réponds-moi, sentinelle,

   « Qu'as-tu vu cette nuit ?.... »

— Que me demandez-vous ?.. Déjà le jour s'enfuit,

   « Et la nuit va paraître encore.

   « Du Ciel évitez le courroux......

(11) Les montagnes de Séir étaient habitées par des Iduméens.

« Cherchez celui que l'univers adore,

« Venez et convertissez-vous!....»

— Où court cette foule égarée,

« De faim et de soif dévorée?.....

« Nations du midi, volez à leur secours!....

« Traînant chez l'étranger de misérables jours,

« Des inconnus ils attendent leur vie.

« O peuple infortuné, tu n'as plus de patrie!...

« Hélas! il fuit les fureurs des soldats,

« Le glaive menaçant, et la flèche homicide,

« Ministre de la mort, qui d'une aile rapide

« Porte au loin le trépas.

« Il vient, dit le Seigneur, le jour de ma colère.

« Cédar, au temps marqué les méchans sont punis,(12)

(12) Cédar ainsi nommée du *nom* d'un des fils d'Ismaël, pays situé dans l'Arabie pétrée.

« Et je ne leur permets qu'une gloire éphémère.

« Cédar, j'enlèverai la gloire de tes fils !

« Bientôt tu pleureras tes enfans misérables

  « Par le malheur ou par l'âge affaiblis ;

« Bientôt de tes archers les restes méprisables

  « Seront évanouis !

~~~~~~

CHAPITRE XVII.

Siége de Jérusalem par les Assyriens. — Destitution de Sobna.
— Élection d'Éliacim.

« O peuple de Sion, quelle sombre tristesse

  « Sur les toits vous conduit?

  « Ville de tumulte et de bruit,

  « Ville de joie et d'allégresse,

  « Tu pleures le sort de tes fils!....

  « Ils ne sont point morts avec gloire,

« Ils n'ont point de leur sang acheté la victoire

« Et sauvé leur pays !

« J'ai vu tes princes fuir devant les ennemis ;

« Leur lâcheté n'a pu les sauver de sa rage.

« Saisis, ils gémiront sous des liens honteux,

    « Et ceux que l'étranger trouve sur son passage,

    « Seront traînés au joug de l'esclavage

        « Confondus avec eux !

« Laissez-moi de Sion déplorer les misères !

    « Retirez-vous, fuyez consolateurs,

    « Jérusalem a vu des armes étrangères,

        « Laissez couler mes pleurs ! »

    Voici le jour de meurtre et de pillage,

    Le jour de cris et de gémissemens,

Le jour de désespoir, de fureur, de carnage,

Que Dieu dans sa colère envoie à ses enfans !

Je vois les ennemis, guidés par la victoire,

Dans nos murs entr'ouverts s'élancer triomphans !

Sur la montagne sainte, hélas ! je vois leur gloire

Agiter ses drapeaux sanglans !

Déjà d'Élam la main impatiente

A détaché des murs son bouclier,

Déjà dans sa valeur bouillante

Il s'est jeté sur un fougueux coursier !

Au loin, les plus belles vallées

Sous les chars ont frémi,

Et de Sion les portes désolées

S'indignent à l'aspect du camp de l'ennemi.

Jérusalem fière de sa vaillance

Voit ses tours, ses remparts, ses armes, ses coursiers,

Jérusalem a compté ses guerriers,

Et des Rois étrangers a bravé la puissance;

La terre est aujourd'hui son unique espérance,

Elle ne pense point aux Cieux.

« Hébreux, de Jéhovah craignez-vous la clémence ?

« Voudriez-vous le forcer à punir ?

« Hâtez-vous, hâtez-vous de prier, de gémir,

« De raser vos cheveux, de vêtir le cilice,

  « D'offrir à la justice

  « Les pleurs du repentir ! »

Partout des cris de joie et des chants de plaisir !

  Partout, partout un peuple impie

  Qui se traîne dans l'infamie,

  Gorgé de viandes et de vin !

« Jouissons, jouissons, car nous mourrons demain. »

— Oui, vous mourrez au milieu de vos crimes !

« Dieu m'annonce la fin de vos impiétés.

  « Oui, vous mourrez, misérables victimes

  « De vos iniquités ! »

— Prophète, du lieu saint ose franchir l'entrée.

« Cours arrêter le ministre imprudent

« Qui des trésors du temple a la garde sacrée;

« Va porter à Sobna ce discours menaçant :

— Quels sont vos droits dans cette maison sainte?

« Vous y songez à parer un cercueil !

« Que faites-vous?.... Dans la terrible enceinte

« Vous élevez des monumens d'orgueil !

« Insensé! pour fixer une gloire inconstante,

« Vous creusez dans la pierre un superbe tombeau;

  « De sa droite puissante

« Dieu vous enlèvera comme un timide oiseau.

« Vous ne fléchirez point sa justice offensée.

« Ministre vain ! vous vouliez des honneurs,

« Il vous couronnera de honte et de douleurs.

« Telle qu'en un champ vaste une balle lancée,

« Vous tomberez au loin, jeté hors du saint lieu.

« Là, vous mourrez avec votre mémoire,

« Là, viendra se briser le char de votre gloire,

« O déshonneur de la maison de Dieu !

« Je vous arracherai de votre rang suprême.

« Venez, Éliacim, mon digne serviteur,

« Venez, je vous mettrai moi-même

« Sa tunique d'honneur !

« Je vous attacherai sa brillante ceinture,

« Venez, je veux qu'une main toujours pure

« Porte de sa grandeur les signes glorieux.

« Venez, je vous transmets ses droits sur les hébreux ;

« Il était leur tyran, vous deviendrez leur père ! »

Sobna s'enorgueillit du sacré ministère ;

Ainsi qu'un bois solide et scellé dans la pierre,

Dans sa puissance il se croit affermi.

Dieu parle, et le ministre est arraché sans peine ;

Sobna se brise... il tombe et dans sa chûte entraîne

Tout ce qui tient à lui.

CHAPITRE XVIII.

Ruine de Tyr. — Son rétablissement.

« JETEZ des clameurs lamentables,

« Poussez des hurlemens, navires de Tharsis !

« Hélas ! ils sont détruits,

« Ces ports où l'on voyait des vaisseaux innombrables

« S'élancer dans les flots !

« La terre de Céthim a prononcé ces mots :

« Tyr est détruite !... et ces bruits effroyables

« Ont fait pâlir les matelots.

8

« Cherchez, ô tyriens, la nuit et le silence,

    « Cachez-vous pour pleurer vos maux !

« Jadis pour admirer votre magnificence,

    « Sidon passait les mers et remplissait vos ports.

« La fille de Memphis, accourant sur ces bords,

    « Du Sichor apportait la moisson abondante ;

      « Jadis votre ville opulente

    « Des nations renfermait les trésors.

    « Rougis, Sidon, dit cette infortunée

« La gloire de la mer, rougis, tu m'as abandonnée !

« Je n'ai donc point conçu ! Je n'ai donc point d'enfans !

« Je n'ai donc point nourri de brillante jeunesse !

    « Je suis, hélas ! seule avec ma tristesse,

      « Seule avec mes tourmens ! »

C'était donc là cette ville si fière,

Et dont l'antiquité remonte aux premiers jours ;

Malheureuse, elle vient sur la rive étrangère,

Mendier des secours !

Qui donc a pu renverser cette reine ?

Quel terrible pouvoir entraîne

Cette cité superbe où l'on vit autrefois

Les citoyens brillans comme les fils des Rois ?

C'est le Seigneur dont le bras humilie

Ses enfans trop heureux !

C'est le Seigneur qui couvre d'infamie

L'éclat des orgueilleux !

« O fille de la mer, fuis loin de ces rivages !

« Fuis, comme on sort des flots où la mort nous attend !

« Voudrais-tu sans ceinture affronter les outrages

« Du soldat qui croirait te vaincre en t'insultant ? »

Le Seigneur sur la mer lève sa main terrible,

Sur leurs bases soudain s'ébranlent les états.

Dieu commande, et la terre, à l'arrêt inflexible,

De Chanaan écrase les soldats !

« O fille de Sidon, a dit sa voix sacrée,

» Vierge, de ta beauté trop long-temps enivrée,

« Tu vas être déshonorée !

« Fuis, cache dans Céthim ton opprobre et tes maux !

« Mais tu fuiras envain.... à tes yeux avilie,

« Et de la honte en tous lieux poursuivie,

« Il n'est plus pour toi de repos !

« Des Chaldéens viens contempler la terre !

« Assur l'avait fondée et nul peuple jamais

« N'a pu de sa grandeur effacer les hauts faits.

« Ses Rois de l'esclavage ont senti la misère ;

« Elle a vu renverser ses maisons, ses palais,

« Elle n'est plus que cendre et que poussière !

« Navires de Tharsis, poussez des hurlemens !

« On ne voit plus au loin les couleurs éclatantes

« De vos pavillons triomphans,

« Au sein des mers obéissantes,

« S'élever sur les flots tremblans !

« Navires de Tharsis , poussez des hurlemens !

« Et toi, leur reine, et toi, l'objet de leurs tourmens,

 « Tyr, ne crois pas que ta gloire perdue

  « Se ranime en quelques instans.

« Ne crois pas replacer ta couronne abattue

« Sur le front orgueilleux de tes rois indolens !

« Je donne à tes malheurs soixante et dix printemps.

« Alors tu sortiras de ta douleur profonde ;

« D'une prostituée imitant les accens,

 « Alors tu renaîtras au monde,

« Alors tu chanteras pour avoir des amans !

 « Saisis ton luth, courtisanne oubliée ;

 « Va réveiller par des chants de plaisir

« Cette ville où tu fus long-temps humiliée ;

 « Cherche des airs qui puissent attendrir ;

 « Chante-les, chante-les encore,

« Fais, par ta voix sonore,

« De tes attraits renaître un souvenir. »

Mais Dieu jette sur elle un regard de clémence.

Elle consacre au Ciel le fruit de son labeur,

Et sur le temple saint répandant sa richesse,

Elle a rassasié les prêtres du Seigneur.

Elle adoucit leurs maux, protège leur faiblesse,

A leur misère offre des vêtemens,

Et les défend jusques dans leur vieillesse

Des injures du temps.

~~~~~~

CHAPITRE XIX.

Désolation de la Judée. — Châtimens de ses ennemis. — Rétablissement de Jérusalem.

Voici le jour où Dieu dans sa colère

    A dépouillé la face de la terre

        De tous ses ornemens !

Voici le jour où de ses mains divines,

L'Éternel, sur le monde encombré de ruines,

    A dispersé ses tristes habitans !

« Le crime a tout souillé de sa bouche empestée ;

« De ses enfans impurs la terre est infectée.

« Ils changent la justice, ils violent mes lois,

    « Et pour servir leur ardeur criminelle,

    « Ils ont rompu l'alliance éternelle,

      « Et refusé d'obéir à ma voix !

    « N'est-il donc plus de vertu sur la terre ?

« Le crime et la folie ont-ils tout usurpé ?

« Je n'ai vu que forfaits.... j'ai frémi, j'ai frappé.

« Le carnage et la mort ont suivi mon tonnerre,

    « Un petit nombre à peine est échappé !...

    « Jérusalem qu'êtes-vous devenue ?

« Ville de vanité, vous êtes confondue ! »

On n'entend plus les tambours retentir,

    La harpe aux doux sons est muette ;

    Il n'est plus de joyeuse fête,

    Plus de concerts et de chants de plaisir !

La joie est changée en alarmes,

La terre est dans les pleurs, la terre s'affaiblit;

Tout se corrompt, tout meurt, tout dépérit,

Et les heureux du siècle ont répandu des larmes.

Au loin tout est fermé comme en un jour de deuil;

    La cité semble anéantie,

    Dans les douleurs de l'agonie,

    Dans le silence du cercueil.

Jérusalem n'est plus qu'une terre maudite,

Jérusalem n'est plus qu'un désert plein d'horreur;

De ses places s'élève un long cri de douleur,

Et le malheur s'assied sur sa porte détruite.....

Quelques infortunés tout couverts de lambeaux

Sortent de ces débris comme les pâles ombres

    Qui, s'arrachant à leur repos,

    Dans le sein des nuits sombres,

S'avancent à pas lents au milieu des tombeaux.

— Le Tout-puissant est entré dans sa gloire.

« Du sein des mers mille cris de victoire

« S'élèvent jusqu'au ciel.

« Imitez-les ; chantez l'œuvre de la sagesse !

« Iles et continens, tressaillez d'allégresse,

« Glorifiez le nom de l'Éternel !

« N'ai-point entendu des bornes de la terre

« Du Juste chanter les bienfaits ?

« Mais que va révéler ma bouche téméraire ?

« Du Ciel respectons les secrets !

« Malheur à moi ! Je suis au milieu des victimes.

« C'est la loi de mon Dieu qu'ils osent insulter !

« Arrivés au faîte des crimes,

« Ils sont forcés de s'arrêter.

« Où fuirez-vous ?... l'effroi, les piéges, les abymes,

« Tout vous menace et vous poursuit. »

A la voix de la peur le coupable s'enfuit,

Au fond du précipice il court finir sa vie,

Et le piége perfide atteint la perfidie.....

Le Ciel s'ouvre.... Les maux que sa fureur vomit

Ont ébranlé le monde.....

Le vent siffle, la foudre gronde,

La tempête mugit;

Des monts la redoutable cime

S'écroule, et des rochers qui roulent dans l'abyme

Le fracas au loin retentit.

Tel, qu'au moment affreux de subir sa sentence,

Aux pieds des échafauds l'aveugle criminel,

Disputant à la tombe un reste d'existence,

Tombe frappé du coup mortel;

Telle devant son Dieu la terre révoltée,

Affaiblie, expirante, en tous sens agitée,

Veut envain résister à l'inflexible arrêt;

On l'enlève ainsi que la tente

Qui, protégeant la nuit la caravane errante,

Au lever du soleil s'abaisse et disparaît.

Le Tout-puissant appelle en ce jour de colère

La milice des cieux et les Rois de la terre ;

Il les rassemble, il les lie en faisceau,

Il les entraîne dans l'abyme,

Il les ensevelit dans le séjour du crime,

Comme dans un tombeau.

Le soleil a voilé sa lumière éclatante

La lune n'offre plus qu'une rougeur sanglante.

« Tu n'es plus, ô Sion, sous le joug d'un mortel !

« Le Roi des Rois s'assied sur la montagne sainte,

« Juda tremble à ses pieds et d'amour et de crainte,

« Et sa gloire apparaît aux anciens d'Israël ! »

~~~~~~

CHAPITRE XX.

Délivrance de Juda. — Châtiment des Moabites.

« O mon Dieu, mon Seigneur! ô sagesse éternelle!

« Je te glorifîrai dans tes vastes desseins!

« Par des signes nouveaux ton pouvoir se révèle;

« Oui, je te reconnais à l'œuvre de tes mains!

« Toujours grand, toujours saint, toujours toujours fidèle

      « A tes pensers divins!

    « La cité coupable et tranquille,

« La reine d'Israël, des étrangers l'asile,

« De pierres, de débris n'offre plus qu'un monceau;

    « Elle a cessé d'être une ville,

      « Ce n'est plus qu'un tombeau !

« Un peuple redoutable a loué ma puissance

      « Au bruit de ses afflictions,

      « Et la cité des nations

      « Adore en tremblant ma vengeance !

— Grand Dieu ! c'est toi la force du malheur,

      « Sa richesse dans l'indigence,

      « Son appui contre l'oppresseur !

      « C'est toi le calme de son cœur,

      « Sa liberté dans l'esclavage,

      « Sa tranquillité dans l'orage,

      « Et son espoir dans la douleur !

      « Envain tourmenté de sa rage,

« Au milieu de Sion un despote insolent

« D'un souffle de fureur brise ce qui l'arrête,

« Et fond sur la faiblesse, ainsi que la tempête

  « Sur un mur fragile et tremblant.

« Tel que le voyageur étendu sur la terre,

  « Par la chaleur et la soif abattu ;

« Tel à tes pieds, courbé dans la poussière,

  « S'humilîra l'étranger confondu !

  « Sous le soleil de ta justice,

« Au milieu de leurs jours, ses enfans malheureux,

  « Lassés et vieillis par le vice,

« Disparaîtront à l'ardeur de tes feux ;

  « Ainsi l'on voit la jeune plante,

  « Sur la terre aride et brûlante,

  « En un jour briller, se flétrir,

  « Laisser tomber sa tête languissante,

  « Se sécher et mourir.

Sur la montagne sainte Adonaï convie

Les peuples de la terre à la table des cieux,

Et de sa main les rassasie

Du pain des anges et des dieux;

C'est là qu'il brisera le lien dont le vice

Tenait les hommes enchaînés,

C'est là qu'il chassera la nuit où la malice

Enveloppait les peuples condamnés.

Du malheur il sèche les larmes,

Efface d'Israël la honte et les revers,

Et de la mort rompant les armes,

L'engloutit au fond des enfers.

Juda, dans les transports de sa reconnaissance,

S'écrira : c'est mon Roi ! c'est mon Dieu, mon Sauveur !

« Je l'attendis long-temps. Hélas ! dans son absence

« Je n'ai trouvé partout que peine et que malheur !

« Il vient. J'ai tressailli, j'ai tremblé d'allégresse;

« Je suis plongé dans une sainte ivresse,

« A l'aspect du salut qu'il offre à ma douleur !

Au sommet de Sion enfin s'est reposée

  La justice d'Adonaï.

Sous ses pieds s'est rompu notre fier ennemi,

  Ainsi que la paille brisée

Que dans son vol rapide un char laisse après lui.

Tel qu'un nageur pressé d'atteindre le rivage,

Le Seigneur sur Moab lance son bras divin

Et lui ravit sa gloire et son courage.....

« Moab, où sont ces murs qui te rendaient si vain?...

« Ils ne sont plus...... au milieu de la terre

  « Le Tout-puissant les jette avec mépris,

  « Ils s'écroulent, tombent en poussière,

  « Et dans la fange on cherche leurs débris!...»

CHAPITRE XXI.

Délivrance de Juda.

Par le malheur long-temps anéantie,

La terre de Juda s'ébranle.... elle s'écrie :

« Sion peut de la guerre affronter les hasards,

« Sion des ennemis peut braver la furie,

« Dieu même est son appui, ses murs et ses remparts !

　　« Qu'elle ouvre ses portes fidèles

　　« Au peuple juste, aimant la vérité,

« Qui ramène en son sein l'antique piété.

« Il fuit les vains plaisirs, les erreurs criminelles,

« Et n'attend que du Ciel le bonheur et la paix :

« Son espoir qui repose en des mains éternelles

    « Ne se perdra jamais !

« Justes, ne craignez point d'un ennemi terrible

    « Les efforts impuissans,

« Espérez.... toujours fort et toujours invincible,

« Dieu n'a qu'à le vouloir pour punir les méchans !

« Mais n'entendez-vous pas déjà les cris de guerre?...

« Autour de vous les grands abaissent sur la terre

    « Leurs fronts humiliés,

« La superbe cité descend dans la poussière,

    « Et l'indigent la foule aux pieds !

    « O Jéhovah, pour calmer ta colère,

    « Dès que l'aurore a brillé sur la terre,

      « Je viens saluer la lumière

      « Du nom sacré de son auteur.

« Tout le jour mon ame fidèle

« T'invoque, te cherche, t'appelle,

« Pour désarmer ton bras vengeur.

« Je te demande au rapide nuage

« Qui, de l'infortuné mortel

« Semble en volant porter l'hommage

« Aux pieds de ton trône éternel !

« Je te demande aux cèdres des montagnes,

« A la splendeur des cieux, à l'éclat des campagnes,

« A l'ombre épaisse du bosquet.

« Je te demande à la foudre qui gronde,

« Au tendre murmure de l'onde,

« Au silence de la forêt.

« La nuit je gémis, je t'implore,

« Je t'appelle et te cherche encore

« Dans mon esprit et dans mon cœur ;

« Et quand le sommeil bienfaiteur

« Répand son baume salutaire

« Sur mon corps lassé de douleur,

« Ma dernière parole, en fermant la paupière,

« Est encor le nom du Seigneur.

« Comment ce peuple ingrat répond-il à mon zèle?..

« Hélas! tout vous oublie!... un jour vos jugemens

« Apprendront la justice à la terre infidèle,

« Un jour ils vous verront..... il ne sera plus temps!

« Des maîtres étrangers ont reçu notre hommage!...

« Sous les chaînes de l'esclavage,

« Israël sans rougir se vit à leurs genoux;

« Faites que les hébreux n'adorent plus que vous!

« De nos persécuteurs n'éveillez point la cendre,

« Ne ressuscitez point la race des géans,

« Laissez-les dans la poudre où les ont fait descendre

« Vos justes jugemens!

« Que notre ingratitude aujourd'hui nous confonde!

« Que n'avez-vous point fait pour ce peuple chéri?

« Fidèle, est-il jamais demeuré sans appui?

« Aux malheurs du présent que le passé réponde?

   « N'est-ce pas au sein des hébreux

« Que votre gloire éclate et que du milieu d'eux

    « Elle a volé jusqu'aux bornes du monde?

« Renversés à vos pieds, gémissant sous vos coups,

« Sans force et sans secours nous sommes devant vous.

« Du milieu des tourmens notre voix vous implore.

    « Nous avons tous conçu l'iniquité,

    « Nous n'enfantons que vanité,

    « Et nos tyrans vivent encore! ....

« Ne pleurons point, les hébreux renaîtront,

« A la voix du Seigneur ils ressusciteront.

— Habitans du tombeau, sortez de la poussière!

« La céleste rosée a couvert de lumière

     « Vos cadavres inanimés;

     « Au sein des bataillons armés

     « Devant vous marche le tonnerre,

« Et les géans roulent avec leur terre,

« Détruits et consumés !

« Fuyez, hébreux, fuyez au fond de vos retraites !

« Fuyez, fuyez, enfermez-vous !

« Attendez que l'orage ait passé sur vos têtes,

« Laissez éclater mon courroux ! »

Soudain au milieu des tempêtes,

Adonaï descend de son trône divin.

Des habitans du monde il visite les crimes.

La terre a révélé le sang de ses victimes ;

A la voix du Très-haut elle ouvre ses abymes,

Et vomit tous les morts engloutis dans son sein.

~~~~~~

CHAPITRE XXII.

Punition de l'oppresseur d'Israël. — Ruine d'Éphraïm. — Désolation du royaume de Juda.

Le Seigneur a saisi son glaive formidable;

Il a frappé, malgré ses sifflemens affreux,

Leviathan, ce serpent redoutable,

Cet énorme reptile à replis tortueux,

Qui s'élève en grondant sur les flots écumeux.

« Ne dois-je point punir le téméraire

« Qui cherche à m'insulter ?

« Si contre moi l'épine ose se révolter,

« Ne dois-je point l'arracher de la terre,

Sous mes pieds l'abymer,

« Et la jeter au feu prêt à la consumer ?

« Prétendraient-ils enchaîner ma vengeance ?

« Que leurs remords effacent leurs forfaits,

« Qu'ils viennent à mes pieds implorer ma clémence

« Et demander la paix !

« Le jour, le jour s'avance où sur d'autres collines,

« Jacob repoussera de nouvelles racines ;

« Israël, renaissant malgré ses ennemis,

« Étendra sa tige féconde,

« Et tous deux répandus sur la face du monde,

« Le couvriront de nobles fruits !

« Malheur à vous, cité de luxe et de richesse,

« Où d'Éphraïm les indignes enfans

« Dans les excès d'une honteuse ivresse

    « Ont égaré leurs sens !

    « Malheur à vous, ô ville altière,

« O couronne d'orgueil qui doit s'évanouir,

      « Et tomber en poussière !

« Malheur, malheur à la fleur passagère

      « Qui fait leur gloire et leur plaisir,

      « Qui, brillante et prête à mourir,

      « A chancelé déjà sur sa tige fragile ;

    « Malheur, malheur au superbe pays

      « Qui commande au vallon fertile,

« Malheur aux habitans dans le vin abrutis ! »

Mais voici le Seigneur, le Dieu que l'on outrage...

De toute sa puissance il est tombé sur eux,

     Ainsi qu'une grêle d'orage,

     Un tourbillon impétueux

     Qui brise tout sur son passage ;

     Tel que le choc des flots,

Du fleuve qui s'élance

Sur une plaine immense

Qu'il couvre de ses eaux.

« O cité, par le luxe et les arts embellie,

« Brillante fleur trop vîte épanouie,

   « Bientôt, hélas ! par ton éclat trahie,

« Tu frapperas les regards du vainqueur.

« Ainsi le fruit hâtif à peine se colore

   « Qu'il a déjà séduit par sa fraîcheur,

« Et que l'avidité l'arrache et le dévore. »

Le Seigneur a sauvé les fidèles hébreux.

C'est pour eux qu'il sera la couronne de gloire,

La guirlande de fleurs qu'au jour de la victoire,

   Porte un peuple joyeux.

Mais quoi ! Juda, du Ciel chercherait-il la haine ?

Il est si plein de vin qu'il peut porter à peine

   Son corps ivre et tremblant :

Le prêtre et le prophète, ô comble d'infamie !

Se traînent d'un pas chancelant ;

Leur ame est presque anéantie.

« Voilà, voilà le peuple élu des Cieux !

« Voilà le peuple saint !.,.. De ses excès honteux

« Chaque table souillée offre le témoignage ;

« En vain l'on voudrait fuir cette hideuse image,

« Près des hommes impurs tout est impur comme eux.

— Prophête de malheur, que venez-vous nous dire ?..

« Retirez-vous !.... à l'ennui des vertus

« Nous préférons notre joyeux délire.

« Retirez-vous, laissez les erreurs nous séduire ;

« Que le Saint d'Israël ne nous tourmente plus !

« Qu'il abandonne une foule égarée,

« Qu'il nous oublie ! — Eh bien, vous dit-il aujourd'hui,

« Vous avez rejeté ma parole sacrée,

« Et du vice honteux sollicitant l'appui,

« Espérez dans la fraude et dans la calomnie,

« Vous l'avez demandé... votre Dieu vous oublie !

— Et pourquoi vient-il donc d'une vaine clameur

« Essayer de troubler nos instans de bonheur ?

   « Heureux dans notre indépendance

   « Nous n'adorons que le plaisir ;

« Nous vivons dans la joie, au sein de l'abondance,

   « Nous avons juré d'y mourir.

« Que craignons-nous ?... Du Ciel que nous fait la puissance

   « La mort a, de sa main de fer,

   « Scellé notre affreuse alliance ;

   « Nous avons fait un pacte avec l'enfer.

« Il répondra pour nous si tout l'univers gronde ;

« Le fléau destructeur lancé contre le monde

   « Avec respect près de nous passera ;

« Notre félicité, dites-vous, n'est qu'un songe,

« Tout notre espoir n'est que dans le mensonge,

   « Le mensonge nous sauvera.

— Avec la mort votre alliance est vaine,

   « Le pacte de l'enfer est à jamais détruit ;

« Loin de vous respecter le torrent vous entraîne,

« Il vous tourmente et le jour et la nuit,

« Il s'élance sur vous, vous quitte, vous saisit,

« Vous rejette avec violence;

« Vous gémissez.... la douleur vous instruit,

« Et le malheur vous rend l'intelligence.

— Pourquoi donc votre Dieu suspend-il sa vengeance?

« Pourquoi de nos excès ne pas troubler le cours?

— Insensés, vous osez insulter sa clémence!....

« Le laboureur laboure-t-il toujours?

« Sous les dents d'une roue épaisse

« En frémissant le froment est brisé,

« Mais cet énorme char, dont le poids lourd le presse,

« Ne s'est-il jamais reposé,

« Et les ongles de fer d'une égale vîtesse

« Sur la paille rompue ont-ils glissé sans cesse?...

« Ainsi l'Etre éternel qui sut créer le temps,

« De tout ce qui doit être a marqué les instans,

« Et lorsque sonnera l'heure du sacrifice,

« Il viendra sur l'autel dressé par la justice

« Immoler les méchans ! »

~~~~~~

CHAPITRE XXIII.

Désolation de Jérusalem et de la Judée. — Défaite de ses ennemis. — Rétablissement de Juda.

« MALHEUR, malheur à l'autel redoutable,

« Au terrible Ariel toujours ensanglanté !

« Malheur à toi, malheur, ô cité déplorable,

« Qui soumis de David le courage indompté !

« Je veux que d'ennemis partout environnée,

« Tu sois dans tes remparts tristement enchaînée;

   « Je veux, ô ville d'Ariel,

10

« T'arracher des pleurs sur tes crimes;

« Je veux te couvrir de victimes,

« Et t'inonder de sang ainsi que ton autel !

« Les forts s'élèveront pour abattre ta rage,

« Les tours avec fracas rouleront contre toi;

« Les instrumens cruels, vomissant le carnage,

« Dans tes murs consternés apporteront l'effroi.

« Comme la Pythonisse, éperdue et mourante,

« Tu cherches à parler, et ta bouche tremblante

« En gémissant s'entr'ouvre à des sons affaiblis;

« Ta voix semble échappée aux antres de la terre,

« Quelques mots expirans, du sein de la poussière

« Sont à peine sortis. »

Soudain, et plus rapide encor que la pensée,

Des vainqueurs d'Ariel l'éclat s'évanouit,

Et des triomphateurs la foule dispersée

Comme une ombre s'enfuit.

Le Sauveur d'Abraham, le Dieu de la promesse

Veut de son serviteur relever la faiblesse....

Tel que le voyageur, qui de soif dévoré,

Saisi par le sommeil, bercé d'un doux mensonge,

Voit couler un torrent.... Il y vole, il s'y plonge,

Et du milieu des eaux se réveille altéré ;

Ainsi nos ennemis, sortant de leur victoire,

Viendront tous se briser contre le mont sacré,

Il ne leur restera qu'un souvenir de gloire !...

« Réjouis-toi Jacob, tu seras délivré !...

« Je verrai tes enfans, mon unique héritage,

« L'objet de mon amour, l'ouvrage de mes mains,

« Tes enfans réunis aux pieds du Saint des Saints !

« Je te verrai, touché de cette douce image,

« Confondre dans leurs vœux tes vœux et ton hommage,

« Glorifier mon nom, et bénir mes desseins.

« Les hommes égarés dans leur vaine science,

« Tout à coup éclairés par un céleste feu,

« Du Seigneur recevront l'esprit d'intelligence,

« Et les murmurateurs resteront en silence

« Devant la loi de Dieu! »

~~~~~~

CHAPITRE XXIV.

Vaine confiance de la Judée dans le secours de l'Égypte. —Imprécations contre les hypocrites et les impies.—Délivrance des hébreux.

« Malheur à vous enfans rebelles

« Que mon esprit ne conduit plus,

« Qui sans cesse agités d'espérances nouvelles,

« Formez sans votre Dieu des projets superflus !

« Vous qui, de Pharaon admirant la puissance,

« Croyez qu'il a vaincu déjà vos ennemis,

« Et volez, pleins de confiance,

« Vous reposer à l'ombre de Memphis !...

« Malheur à l'imposteur qui sans cesse m'implore,

« En outrageant ma loi !

« Aux pieds de mes autels des lèvres il m'honore ;

« En invoquant mon nom, son cœur est loin de moi,

« En appelant le Ciel, c'est l'enfer qu'il adore !

« Malheur à vous, artisans de noirceurs,

« Qui dans l'ombre ourdissez vos criminelles trames,

« Et vivez retirés dans le fond de vos cœurs !

« La nuit seule est témoin de vos œuvres infames....

« Qui peut nous voir ?... Qui sait notre secret ?...

— Insensés ! a t-on vu se révolter l'argile

« Contre la main qui la formait,

« Et le vase ignorant dire à l'artiste habile :

« Vous ne m'avez point fait ?

« L'ouvrage a t-il jamais osé dire à son maître :

« Savez-vous qui je suis et ce que je dois être ?...

« Malheureux ! vous saurez bientôt s'il vous connaît !

« Tel que, sortant de la forêt prochaine,

« Un lion qui jamais ne connut les dangers,

« S'élance sur sa proie, en rugissant l'entraîne,

« Malgré la foule et les cris des bergers ;

« Tel, a dit le Seigneur, conjurant leur ruine,

« Je descendrai sur la sainte colline ;

« Tel je viendrai combattre pour Sion,

« Tel je m'élancerai, frémissant de colère,

    « Et j'emporterai de la terre

    « Les blasphémateurs de mon nom ! »

Comme une mère tendre, et couvrant de son aile

Le timide oiselet qui commence à voler,

Jéhovah des rayons de sa gloire éternelle

Couvre Jérusalem qu'ils voudraient accabler.

La cohorte ennemie en vain s'est élevée,

Dieu protège Sion ... Dieu veut ... elle est sauvée !

On n'entend plus la voix du tonnerre et des vents...

Voici qu'un Roi prudent et sage

De la triste Juda console les enfans,

C'est le soleil qui chasse le nuage

Et ranime les champs ;

C'est le fanal qui dans l'orage

Conduit au port les matelots tremblans ;

C'est le ruisseau dont l'eau pure et limpide

Rafraîchit le sol altéré ;

C'est l'ombre d'un rocher qui sur la plaine aride

Sourit au chasseur égaré.

Les prophètes ont vu l'avenir sans nuage,

Et l'oreille attentive a compris leur langage.

Le cœur des insensés devient intelligent ;

La parole long-temps embarassée et lente,

Tout à coup rapide, éloquente,

En flots harmonieux coule ainsi qu'un torrent ;

L'imprudent n'a plus de couronne ;

Il perd son nom de prince, il descend de son trône,

Et le trompeur a cessé d'être grand !

Avant de saluer cette brillante aurore,

Hébreux, vous gémirez dans la nuit du malheur ;

Des mains de votre Dieu vous recevrez encore

Et l'eau d'affliction et le pain de douleur !....

« Levez-vous, femmes opulentes,

« Venez, filles trop confiantes,

« Tremblez, tremblez à mes discours !

« Encore un an et quelques jours,

« Partout la honte et le silence,

« Partout le désespoir et la confusion.

« Vos champs frappés de malédiction,

« N'auront plus dans leur indigence,

« Ni vendange ni moisson !

« Tremblez, ô femmes opulentes,

« Tremblez, filles trop confiantes !

« Dépouillez ces vains ornemens,

« Ennemis de la modestie,

« Et cachez votre ignominie

« Sous de lugubres vêtemens !

« Pleurez sur ces terres si belles,

« Sur ces vignobles abondans,

« Pleurez sur vos époux, vos frères, vos enfans !

« Pleurez, pleurez !.... Déjà les épines cruelles

    « De mon peuple ont couvert les champs ;

    « Combien hélas ! couvriront-elles,

« Ces lieux déshonorés, ces maisons de plaisir,

« Cette ignoble cité qui peut s'enorgueillir

    « De ses délices criminelles !

« Ils sont abandonnés ses superbes palais !...

    « Changée en vaste solitude,

« Elle a vu de ses fils passer la multitude,

« Et disparaître au milieu des excès ;

« Ses maisons ne sont plus que des cavernes sombres,

« Par de sinistres ombres

« Couvertes à jamais.

« L'homme fuit de ces lieux, effroi de la nature,

« Les troupeaux seuls y cherchent leur pâture,

« Et l'onagre s'y joue en paix.

« Ils dureront ces jours de deuil et de carnage,

« Tant que l'esprit de Dieu soit descendu du ciel,

« Que le désert soit un Carmel,

« Et le Carmel un bois sauvage.

« Alors dans le désert s'arrête l'équité ;

« La paix est son ouvrage, elle est sa récompense ;

« La justice avec elle y conduit le silence,

« Et le repos et la tranquillité.

« O douce paix ! tout change à ta présence !

« De peine et de malheur mon peuple tourmenté,

« Au séjour de la confiance

« Jouissant de ton abondance,

« Se repose dans ta beauté ! »

~~~~~~

CHAPITRE XXV.

Ruine des ennemis de Juda. — Gloire de Jérusalem.

« Hommes cruels, qui n'avez de puissance

« Que pour piller les hébreux écrasés,

« Ne serez-vous jamais au pillage exposés?

« Vous, qui nous méprisez avec tant d'insolence,

    « Ne serez-vous point méprisés?

« Oui, lorsque vous aurez consommé vos pillages,

    « Vos trésors vous seront ravis!

« Lorsque vous serez las de nous couvrir d'outrages,

« Vous tomberez dans le mépris !

« Seigneur, du haut des cieux, voyez notre détresse !

« A l'aspect de nos maux prenez pitié de nous !

« Vous le savez, malgré notre faiblesse,

« Malgré tous nos revers, nous espérions en vous.

« Venez, venez, Dieu puissant que j'implore !

« Soyez notre salut au jour de la douleur,

« Soyez le bras qui dès l'aurore

« Soutienne le malheur !

« Au bruit de votre voix terrible,

« Frappés d'une crainte invincible,

« Tous les peuples ont fui tremblans,

« Et des nations dispersées

« A la splendeur de vos traits éclatans,

« Les dépouilles sont entassées

Aux pieds des hébreux triomphans !

« Le laboureur, hélas ! avant ces jours prospères,

« Voit ses champs inondés de hordes étrangères.

« La terreur se répand dans les cœurs inquiets ;

« De lamentables cris sont sortis des chaumières,

« Et les ambassadeurs qui demandent la paix,

    « Ont versé des larmes amères ! '

« Alors fiers ennemis, frappés de mon courroux,

« Vous verrez dans les cieux l'éclat de ma victoire ;

« Alors, vous me verrez élevé contre vous,

« Vous écraser sous le poids de ma gloire.

« Alors, lassés de désirs impuissans,

« Vous serez consumés d'une ardeur sanguinaire ;

« Alors vous concevrez mille feux dévorans

« Et vous n'enfanterez qu'une paille légère !...

Ainsi qu'un bois fragile et brisé pour le feu,

Ainsi qu'un peu de cendre après un incendie,

Des nations la puissance ennemie

S'abaisse sous la main d'un Dieu.

« Venez et contemplez dans sa magnificence

« La ville des solennités,

« Cette Jérusalem dans sa riche abondance,

« Cette tente dressée en des lieux enchantés !

« Elle ne verra point une rive étrangère ;

« Ses solides appuis ne seront point rompus ;

« Le lien qui l'élève au-dessus de la terre

« Ne se brisera plus !

« C'est là que le Seigneur manifeste sa gloire.

« Jérusalem brille, au sein de la victoire,

« Comme un fleuve lancé dans un lit spacieux,

« Roulant avec orgueil ses flots majestueux,

« Et portant sa grandeur sur la rive agitée....

— Imprudent étranger,.. que fais-tu dans ces lieux?..

« Voudrais-tu défier cette mer irritée?

« Ton navire impuissant refuse d'avancer,

« Et le mât fracassé, tremblant sous les cordages,

« Ne soutient plus la voile humide des orages.

« Regarde devant toi .... debout sur ces rivages,

« L'Ange exterminateur te défend d'y passer! »

CHAPITRE XXVI.

Vengeance du Seigneur contre les Nations. — Ruine de Bosra
et de l'Idumée.

« Nations, écoutez ma parole sacrée !

« Peuples prêtez l'oreille à la voix inspirée

   « Qui sur vous retentit !

« Je parle au nom divin du maître du tonnerre.

« Que la terre m'écoute et tout ce qu'elle enserre,

   « Le monde et tout ce qu'il produit !

« Nations infidèles,

« Dieu s'indigne à l'aspect de vos soldats rebelles.

« Sa colère est sur eux, il prononce leur sort,

« Il les livre au carnage, il les voue à la mort....

  « Ils sont tombés.... ils mordent la poussière...

« Leurs cadavres hideux pourrissent sur la terre,

  « Abandonnés et jetés en monceaux;

« Ils exhalent dans l'air une odeur empestée,

  « Et dans la plaine épouvantée

« Leur sang impur dégoûte des coteaux.

  « Les étoiles sont languissantes,

« Le ciel est dépouillé de ses couleurs brillantes;

« Comme un livre on le voit se rouler, se plier,

  « Et sa milice anéantie

  « Tomber, semblable à la feuille flétrie

  « Et de la vigne et du figuier.

  « Ma colère s'est rallumée;

« Mon glaive dans le ciel de sang s'est enivré ;

   « Il va fondre sur l'Idumée,

« Sur ce pays maudit, où le crime honoré

   « A trop long-temps fatigué ma clémence,

« Où trop long-temps les cris de l'innocence

« Sont montés jusqu'à moi pour demander vengeance.

« Mon glaive est tout couvert du sang des animaux ;

   « Il a percé les boucs, les béliers, les agneaux ;

« Mais ce n'est point assez pour effrayer le vice !

« Dans Edom et Bosra souillés d'impiété

« Le carnage s'apprête, et j'ai déjà compté

   « Les victimes du sacrifice.

« Le taureau, la licorne ainsi que la génisse,

   « Les faibles comme les puissans,

   « Tout est frappé de ma terrible épée,

   « La terre de sang est trempée,

   « Et leurs corps engraissent les champs.

« Qu'est-ce qu'un peu de sang pour venger ma puissance

« Et les pleurs de Sion ?

« En bouillons enflammés le bitume s'élance

« Du milieu des torrens d'Edom ;

« Un souffre ardent vole au lieu de poussière,

« Une poix dévorante a consummé la terre.

« Au souffle de ma fureur

« Le feu pétille et s'anime sans cesse,

« Et le noir tourbillon d'une fumée épaisse

« Enveloppe ces lieux de tristesse et d'horreur.

« La désolation sur ces affreux rivages

« Toujours s'étend, toujours se reproduit,

« Et personne jamais dans la suite des âges,

« Ne passera sur ce terrain maudit.

« Ce pays délaissé deviendra le repaire

« Du triste pélican, du castor solitaire,

« Du sinistre corbeau.

« Je viendrai mesurer ses ruines funestes,

« Et pour anéantir jusqu'à ses derniers restes,

« Sur ses débris fumans j'étendrai le niveau;

« Je veux tout abymer, tout réduire en poussière,

« Et le prince pleurant sur le corps de son père,

« Ne trouvera pas une pierre

« Pour fermer son tombeau ! »

CHAPITRE XXVII.

Sennachérib marche contre la Judée — Discours de Rabsacès aux hébreux. — Prière d'Ézéchias. — Défaite de l'armée de Sennachérib.

DEPUIS quatorze hivers, sur son paisible trône
Ézéchias heureux voyait couler ses jours,
Lorsque Sennachérib, menaçant sa couronne,
Réduit en se montrant les villes et les tours,
  Et dans Juda tremblant de ses défaites,
    De ses trop faciles conquêtes,
    Poursuit le libre cours.

A son ordre, quittant les champs de la victoire,

Suivi d'un corps nombreux et désireux de gloire,

Le vaillant Rabsacès, par son zèle emporté,

Sous les murs de Sion soudain s'est présenté.

Éliacim, Sobna, suivis de Joahé,

Au nom du Monarque leur maître,

A ses yeux menaçans osent alors paraître :

« Reportez, leur dit-il, à votre Ézéchias

« Le discours du grand Roi, du Roi de l'Assyrie :

« Quel orgueil insensé, quelle vaine folie

« Aujourd'hui vous transporte au milieu des combats?

« Sur qui, pour arrêter ma terrible colère,

« Ézéchias s'est-il donc reposé?

« C'est sur Memphis, sur ce roseau brisé,

« Prêt à percer la main du téméraire

« Qui, sans trembler, lui demande un appui ;

« Tel sera Pharaon pour la race étrangère

« Qui l'invoque aujourd'hui.

« Ne dites point qu'en Dieu seul elle espère.

« N'est-ce donc pas ce Dieu que votre Roi naguère

   « A proscrit des hauts-lieux ?

« N'a t-il pas dit aux enfans des hébreux :

« Je ne veux point que partout on l'honore ;

« C'est devant cet autel que j'entends qu'on l'adore,

« Devant le seul autel où j'adresse mes vœux !...

« Comment dans les combats oserez-vous paraître ?

« Comment oserez-vous soutenir les regards

« Du moindre gouverneur des cités de mon maître ?

« Vous pensez que Memphis vaincra nos étendars,

« Et vous comptez en paix ses coursiers et ses chars.

« Croyez-vous donc qu'ici je vienne tout détruire

   « Sans l'ordre exprès de votre Dieu ?

« Nai-je point entendu votre Seigneur me dire :

« Marche sur cette terre .... anéantis ce lieu !

— Alors les envoyés : arrêtez, je vous prie,

« Sur les murs de Sion le peuple est accouru,

« Arrêtez, parlez-nous la langue de Syrie !

— Quoi, pour tout Israël ne suis-je pas venu ?

« N'est-ce donc seulement que devant votre maître,

« Que le Roi, mon Seigneur, m'ordonne de paraître ?

« Non, non, je viens plutôt vers tous ces malheureux,

« Qui bientôt, entourés de guerriers valeureux,

« Seront, ainsi que vous, forcés de se repaître

   « D'excrémens odieux. »

Il dit, et se tournant du côté des hébreux,

D'une voix éclatante aussitôt il s'écrie :

« Ne soyez point séduits par votre Ézéchias !

« Venez, unissez-vous à mes braves soldats !

« Chacun de vous, couvert de mon bras tutélaire,

« Ira cueillir en paix sa vigne et son figuier,

« Et boire à sa citerne une onde salutaire,

« Sans être épouvanté d'un appareil guerrier.

« Je vous transporterai dans une riche terre,

« Où vous retrouverez ce superbe pays,

« Et ces champs couronnés de vignes et d'épis.

« Qu'Ezéchias ici ne vienne point vous dire :

« Le Dieu que nous servons sauvera notre empire.

« Ainsi les nations, parlaient pour me séduire,

   « Et leurs dieux, tremblans sous ma main,

   « A mon aspect, condamnés au silence,

   « Abandonnaient à ma puissance

« Le pays insensé qui les priait en vain.

« Où sont-ils maintenant sur leur terre avilie?

« Leurs temples sont détruits et ces dieux révérés

      « De leurs titres sacrés

« N'ont pas su repousser le Roi de l'Assyrie.

« Mon maître ne craint pas les menaces des dieux,

« Et si le vôtre osait lui disputer la terre,

« Sennachérib, d'un bras victorieux,

   « Le renversant dans la poussière,

   « L'enverrait régner dans les cieux!...»

   Les envoyés à sa vaine arrogance

Ont répondu par un profond silence;

Vers les murs de Sion ils dirigent leurs pas,

La robe déchirée en signe de tristesse,

Et vont se délivrer du trouble qui les presse

Aux pieds d'Ézéchias!...

Le Monarque frémit à ce discours impie;

Il sait qu'il est un protecteur au Ciel.

Sous un sombre cilice il pleure, il s'humilie,

Et du Très-haut court embrasser l'autel:

« O Seigneur des armées,

« Toi qui t'élèves glorieux,

« Sur les ailes enflammées

« De tes chérubins radieux,

« Toi seul, le Dieu des empires du monde,

« Toi seul, le créateur de la terre et des cieux!

« Seigneur abaisse-toi pour écouter mes vœux!

« Seigneur, Seigneur ouvre les yeux,

« Vois quelle est ma douleur profonde !

« Prête l'oreille au discours méprisant

« Dont un roi de la terre insulte au Dieu vivant !

« Oui, Seigneur, il est vrai, les Rois de l'Assyrie,

« Dispersant en tous lieux les peuples abattus,

« Ont désolé la terre à leur joug asservie,

  « Ont brûlé les dieux des vaincus ;

« Mais étaient-ce des dieux ces ouvrages sans vie ?

  « Forgés de la main des mortels,

  « Pouvaient-ils se croire éternels ?

« Tous ces fiers conquérans qu'ont-ils mis en poussière ?

« Un peu de bois fragile . . . . une insensible pierre . . .

« Parais ! arrache-nous au glaive de ce Roi !

« Qu'à ton aspect divin, son orgueil se confonde !

  « Que tous les empires du monde

« Apprennent qu'il n'est point un autre Dieu que toi !

Alors un envoyé du prophète Isaïe

Se présente aux regards du prince des hébreux!

« Le Dieu vivant a dit : Ils sont montés aux Cieux

   « Tes vœux contre un monarque impie.

« J'ai reçu ta prière et j'ai dit de ce Roi :

« La fille de Sion se rit de ta menace,

« La fille de Sion secoue avec audace

   « La tête derrière toi.

« Sais-tu bien, prince téméraire,

« Quel est celui que tu déshonorais?

« Sais-tu bien qui tu provoquais

« De cet air dédaigneux, de cette voix altière,

   « De cet œil vain et criminel?....

« C'était le Dieu vivant!... le Seigneur d'Israël!...

« C'était lui qu'emporté d'une aveugle furie,

« Tu venais outrager de la bouche avilie

   « De ministres audacieux !

« N'as-tu pas dit dans ton ame orgueilleuse :

« A ma voix ébranlés mes chars impétueux

« Ont traversé des monts la cime périlleuse.

« J'ai franchi le Liban ... sous mes terribles mains

« Les cèdres élevés, les superbes sapins,

« Avec bruit ont roulé du haut de ses montagnes;

« Je me suis élevé sur les derniers sommets;

« On m'a vu pénétrer dans ses riches campagnes,

« Et dans la profondeur de ses noires forêts.

« J'ai fouillé dans le sein de la terre étonnée,

« Pour appaiser ma soif j'ai creusé des canaux,

  « Et dans la Judée enchaînée,

« Des fleuves, en passant, j'ai desséché les eaux.

— De ta vaine grandeur, toi qui te glorifie,

« Mortel, ignorais-tu que dès les anciens jours,

« Des siècles avant toi, ma sagesse infinie

« De ces événemens avait réglé le cours ?

« Moi seul, j'ai renversé les monts et les collines,

« Moi seul, j'ai dans ces lieux entassé les ruines,

« Moi seul, j'ai d'Israël dispersé les enfans !

« Moi seul, au char de l'Assyrie

« J'ai traîné leurs guerriers tremblans,

« Sans courage et presque sans vie,

« Semblables à l'herbe des champs,

« Au gazon de la prairie,

« A la mousse des toits qui sèche avant le temps !

« J'ai su dans quel pays éclatait ta puissance,

« Ta marche, tes succès, ton entrée en ces lieux;

« J'ai tout su, tout, jusqu'à la démence

« Qui t'élevait contre ton Dieu.

« Oui, quand tu m'insultais dans ta rage insensée,

« Le bruit de ton orgueil est monté jusqu'à moi.

« Tu connaîtras celui dont tu bravais la loi;

« Bientôt la mort crîra : prépare-toi,

« Ta grandeur est passée !

« Tel qu'un ours arrêté par un cerle d'airain,

« Qui l'œil en feu, la bouche frémissante,

« Se débat vainement sous un ignoble frein ;

« Tel, enchaîné malgré ta fureur impuissante,

« Obéissant au joug où le Ciel t'a soumis,

« Tu seras entraîné jusques dans ton pays.

  « Hébreux, bannissez toute crainte,

« Je saurai soutenir la gloire de mon nom ;

« Jamais l'assyrien n'entrera dans Sion !

« Jamais il n'enverra de traits dans son enceinte !

  « Jamais, jamais les murs sacrés

  « De ses retranchemens ne seront entourés !

« Tremblant, il reprendra le chemin que naguère

« Il remplissait de l'éclat d'un vainqueur,

« Et dans son sein la ville qui m'est chère,

« N'aura point à rougir de sa couronne altière ;

  « Je l'ai promis, et je suis le Seigneur ! »

Dieu dit, et dans la nuit marquée à sa vengeance,

L'Ange exterminateur, le fer en main, s'élance

Au camp de l'ennemi.

Il a frappé, le sang ruisselle autour de lui.

Sous le glaive qui les dévore,

Ils sont tombés et tombés par milliers,

Et l'on ne voit plus à l'aurore

Que les cadavres des guerriers!

~~~~~~

CHAPITRE XXVIII.

Cantique d'Ezéchias.

« J'ai dit dans ma douleur : à mes maux je succombe,

« Au milieu de mes jours je descends dans la tombe ;

    « Oui, c'en est fait je vais mourir !

  « Je cherche en vain le reste de ma vie,

  « Elle m'échappe, et mon ame affaiblie

    « Ne peut la retenir.

« Je n'irai plus au temple adresser ma prière,

« Je sens que malgré moi j'abandonne ces lieux,

  « Et pour jamais les hommes et la terre

    « Vont s'éteindre à mes yeux !

   « Comme la tente qui se plie,

  « Quand le berger veut changer de séjour,

    « Ma demeure ici bas finie,

    « En un instant évanouie,

    « Tombe et disparaît sans retour ;

« Le Seigneur a rompu la trame de ma vie,

  « Et chaque jour en pleurant je m'écrie :

    « Je n'ai donc plus qu'un jour ! . . . .

    « Le soir, je crois de l'existence

    « Entrevoir déjà le déclin,

    « Et je n'ose avoir l'espérance

    « De retrouver le lendemain.

« La nuit, sur ma couche tremblante

« En vain j'appelle le repos ;

« Le Seigneur, sous sa main puissante,

« Comme un lion terrible a brisé tous mes os.

« A mes regards enfin brille l'aurore....

« Étonné de voir son retour,

« En pleurant je redis encore :

« Je n'ai donc plus qu'un jour !

« Ainsi qu'une jeune hirondelle,

« Je pousse quelques faibles cris,

« Tel qu'une colombe fidèle,

« A tes pieds, Seigneur, je gémis.

« Sur le ciel attachés sans cesse,

« Mes yeux tombent appesantis,

« Seigneur, réponds pour ma faiblesse !

« Sous le poids du mal qui me presse

« Je sens que je m'anéantis.

« Hélas ! tu seras insensible

« Aux cris que je pousse vers toi ;

« C'est de ta justice inflexible

« Que le mal est tombé sur moi.

« Oui, quand c'est toi qui m'humilie,

« Je n'ai plus qu'à revoir ma vie,

« Dans l'amertume de mon cœur ;

« A l'épreuve de la douleur

« Si mon ame se purifie,

« Je verrai ma peine adoucie,

« Je renaîtrai pour le bonheur.

« Au sein d'une paix trop heureuse,

« Le malheur vient me saisir ;

« Tu frappes mon ame orgueilleuse,

« Tu l'empêches de périr,

« Et mes offenses passées

« A tes yeux sont effacées

« Par les pleurs du repentir.

« Seigneur, tu l'as fait pour ta gloire!

« Le tombeau ne peut te bénir,

« Ni la mort chanter ta victoire.

« Enveloppés des ombres du trépas,

« Ceux qui dorment dans la poussière,

« Ne peuvent applaudir, du milieu de la terre,

« A ta fidélité qu'ils ne connaissent pas.

« Oui, ce sont les vivans qui te loûront sans cesse!

« Le père, au milieu de ses fils,

« Dira la vérité de ta sainte promesse

« A leurs cœurs attendris!

« Seigneur, délivre-moi d'un coup de ta puissance,

« Et chaque jour, j'irai dans le saint lieu,

« Chanter l'hymne d'amour et de reconnaissance

« En l'honneur de mon Dieu! »

~~~~~~

CHAPITRE XXIX.

Prédiction du Messie. — Manifestation de la grandeur et de la puissance de Dieu. — Bonheur des Justes.

« PROPHÈTES du Seigneur, vous à qui je révèle

« De mes secrets divins la sagesse éternelle,

« Consolez, consolez mon peuple dans ses maux.

 » Parlez au cœur de ma cité chérie;

 « Annoncez-lui que de ses longs travaux

 « Enfin la durée est finie.

« Dites - lui qu'à jamais j'oublie

« Le temps de ses iniquités,

« Que j'ai laissé tomber du sein de ma clémence

« Une grace dont l'abondance

« Surpasse encor ses infidélités.

« Au désert une voix s'écrie :

« Que les sentiers soient droits et la terre applanie !

« Que d'aspect tout change en ce lieu ;

« Que les routes soient redressées

« Et les montagnes abaissées

« Devant le Seigneur votre Dieu !

« Aux yeux de l'univers sa gloire va paraître,

« Et l'univers si long-temps aveuglé,

« A ses pieds viendra reconnaître

« Que le maître suprême a parlé !

Une autre voix a frappé mon oreille :

« Criez!... Criez!... que la terre s'éveille!...

— Et pour la réveiller quels seront mes accens?...

— Criez à ces mortels esclaves de leurs sens :

« L'homme ici bas n'est qu'une herbe qui passe,

 « Et toute sa gloire s'efface

 « Comme la fleur des champs !

 « L'herbe se sèche, la fleur tombe.....

« Dieu répand sur la terre un souffle dévorant,

 « Le peuple s'agite un instant,

« Comme l'herbe s'abaisse et descend dans la tombe !...

 « L'herbe se sèche, la fleur tombe !..

 « Comme la fleur l'homme emporté,

 « Brille et passe comme elle !

 « De Dieu la parole immortelle

 « Demeure dans l'éternité !...

« Sur la cime des monts, élève-toi Prophète,

 « Toi qui, défiant la tempête,

« Vole aux murs de Sion, plein d'une sainte ardeur,

« Annoncer l'évangile au peuple du Seigneur !

« Va, ne crains pas, n'écoute que ton zèle,

« Remplis Jérusalem de l'*heureuse nouvelle ;*

    « Fais partout retentir ce lieu

    « De ta parole consolante ;

    « Répète encor d'une voix éclatante :

    « Juda, voici ton Dieu ! »

Il paraît revêtu de toute sa puissance.

Son bras étend au loin son empire affermi ;

    Dans sa bonté, dans sa sagesse immense,

    Il porte un trésor infini

    De bonheur et de récompense ;

    Et pour annoncer sa présence,

    Ses œuvres marchent devant lui.

Ainsi qu'un bon pasteur, il veille avec sagesse

Sur ses chères brebis dont il sait la faiblesse.

    Il rappelle le jeune agneau,

Il le prend dans ses bras, sur son sein il le presse;

Il se charge dans sa tendresse

Des brébis qui sont près d'enrichir son troupeau.

C'est lui qui, la main étendue,

Des flots mesure la hauteur,

Soutient la terre suspendue,

Des cieux sonde la profondeur;

C'est lui qui, dans ses mains divines

Balançant les monts, les collines,

Leur demande leur pesanteur!

Quel est le sublime génie

Qui sait diriger son esprit?

Quelle est la puissance infinie

Qui le conseille et qui l'instruit?

Qui lui donne l'intelligence

Et la sagesse et la science

Qui brille en tout ce qu'il produit?...

A ses yeux rien n'est grand dans la nature entière.

Les îles que les flots renferment dans leur sein

Ne sont plus devant lui qu'une poudre légère.

Tous ces peuples nombreux répandus sur la terre

Paraissent à son œil divin

Comme une goutte d'eau dans un vase d'airain,

Comme un faible grain de poussière

Que dissipe le moindre vent,

Comme un souffle qui s'évapore,

Comme s'ils n'étaient pas encore,

Comme le vide et le néant.

« De ce Dieu puissant, invisible,

« Comment tracerez-vous une image sensible?

« Choisirez-vous un bois incorruptible?

« Le chargerez-vous d'or ou de lames d'argent?

« Irez-vous sur l'autel fixer ce Dieu terrible

« Qui se briserait en tombant ?

« Hébreux, ignorez-vous encore

« Quel est celui que l'univers adore ?

« Ignorez-vous qu'il est le Tout-puissant

   « Qui d'un seul mot a créé la matière,

   « Qu'il a jeté les bases de la terre

   « Qu'il a demandée au néant ?

    « Il s'assied à la surface

   « Du monde qu'il a produit,

   « Et l'homme, au sein de l'espace,

   « N'est qu'un insecte qui passe

   « Sur ce globe qui s'enfuit.

   « Le Très-haut vers lui s'abaisse ;

   « Il dit, et tout s'embellit

   « Pour l'objet de sa tendresse ;

   « Le ciel s'étend sous ses mains,

   « Comme une toile légère,

   « Une tente hospitalière

« Sur la tête des humains.

« Il réduit au néant la science orgueilleuse

« Qui veut de la nature interroger les lois,

« Ecrase sous ses pieds la grandeur fastueuse

« Des princes et des Rois.

« Que sont-ils tous ces grands?.. des arbres sans racines,

« Qui sur le sommet des collines

« Élèvent leurs fronts orgueilleux ;

« A peine le Seigneur a-t-il soufflé sur eux,

« Qu'ils tombent désséchés sur leur tige fragile ;

« Leur beauté, leur éclat, tout s'est évanoüi,

« Et comme la paille inutile,

« Le tourbillon les chasse devant lui.

« Dans le monde osez-vous me chercher un semblable,

Et m'abaisser jusqu'à vos dieux ?

« Abandonnez la terre... osez lever les yeux...

« Mortels, voyez quel est celui qui fit les cieux,

« Celui qui conduit seul cette armée innombrable

« d'astres étincelans, de globes lumineux

« Qui font jaillir leur gloire et leur magnificence

« Jusqu'aux extrémités d'un immense horizon,

« Ces mondes étoilés qu'anime sa présence,

  « Et qu'il appelle de leur nom !

« Quoi ! c'est d'un Dieu si grand que Jacob se défie !

   « Je l'entends encor qui s'écrie :

   . « Ma voie est cachée au Seigneur,

« Je languis opprimé, sa justice m'oublie,

« Et vainement au Ciel je demande un vengeur !

— Eh quoi ! ne sais-tu pas que ce Dieu créateur

« Suffit à tout, sans fatigue et sans peine,

« Que sur le monde entier il étend son domaine,

   « Qu'il est éternel, infini,

   « Et que sa sagesse admirable

   « Est un abyme impénétrable

   « A tout autre qu'à lui ?

« Ne sais-tu pas que l'auteur de la vie

« Ranime quand il veut les membres affaiblis,

  « Que son souffle divin échauffe et vivifie

    « Ceux qui semblaient anéantis ?

  « Ne sais-tu pas que l'ardente jeunesse

    « N'écoutant que ses vains désirs,

« S'épuise, se dessèche au milieu des plaisirs,

« Et que malgré les maux, les peines, la vieillesse,

« Jamais ne s'affaiblit, dans l'ardeur qui le presse,

    « Celui qui, brûlant de ferveur,

« Ne cherche que le Ciel, n'attend que le Seigneur ?

« Tel que l'aigle il s'élance, il perce le nuage,

« Et s'élevant toujours dans les plaines des cieux,

« Sent croître à chaque instant sa force et son courage,

« Et ne suspend jamais son vol majestueux.

~~~~~~

CHAPITRE XXX.

Règne et conquêtes du Juste. — Vanité et impuissance des Idoles.

« A mes accens sacrés que les îles se taisent !

« Des peuples agités que les clameurs s'appaisent !

« Approchez Nations, répondez pour vos dieux !

 « Ranimez‑vous, volez à leur défense,

« Pour vaincre Jéhovah déployez leur puissance,

« Voyons ce qu'ils ont fait pour mériter des vœux !

« Répondez, Nations, répondez!... qui suscite

« Le juste descendu du fond de l'Orient?

  « Quel pouvoir l'entraîne à sa suite?

« Qui fait tomber les peuples sous ses lois,

« Lui donne les états, les sceptres et les Rois?

« Qui chasse les mortels devant l'arc redoutable

  « De ce terrible conquérant,

    « Qui jette leur foule innombrable

      « A son glaive sanglant?

— C'est moi... moi Jéhovah, dont la vaste science

    « Des siècles devance le cours,

« Des générations embrasse l'existence,

  « Moi, qui les vois et les nomme d'avance,

« Moi, qui suis avant tout et qui serai toujours!

« Aux signes qu'a produits ma parole féconde,

« La frayeur a saisi les continens émus,

  « Et des extrémités du monde

« Pour combattre mon nom les peuples sont venus.

« Marchons, marchons, a dit leur troupe conjurée,

« Rappelons, il est temps, nos esprits éperdus ;

« Unissons-nous, formons une ligue sacrée,

« Relevons à l'envi nos autels abattus,

« Et fabriquons des dieux qu'on ne renverse plus !

« Israël pourrais-tu redouter leur colère,

« Toi, que dans Abraham j'appelai mon ami,

« Toi, le fils de Jacob, mon serviteur chéri,

« Toi, que j'ai fait venir des bornes de la terre,

« Toi, que dans l'univers mon amour a choisi?

     « Israël, cesse tes alarmes !...

   « Qu'ils viennent, qu'ils prennent les armes,

     « Je marche avec tes enfans ;

« La terre est sous mes lois toujours obéissante,

« Mon serviteur avance et sa droite puissante

    « Soutiendra tes pas chancelans....

« Où sont-ils ces guerriers, favoris de la gloire,

« Ces guerriers qui jamais n'avaient été vaincus,

« Et déjà t'enchaînaient au char de la victoire?...

« Tu les cherches.... ils ne sont plus !

    « Conduit par mon bras invincible,

    « Tu brises, sous ta main terrible,

      « Et les collines et les monts,

    « Et déjà leur poussière vaine,

    « Entraînée au loin dans la plaine,

    « Est le jouet des tourbillons.

« Ne crains point, ô Jacob, qui, mourant de misère,

« Ainsi qu'un ver abject, traîné dans la poussière,

« Un cadavre hideux dans la fange oublié,

« Inspire de l'horreur au lieu de la pitié ;

« Ne crains point, ô mon fils, le Dieu qui t'humilie

« Saura te rendre un jour la puissance et la vie !

« De mon peuple affligé j'entends encor les cris.

« Dès ardeurs du midi sa bouche est desséchée ;

« A son palais brûlant sa langue est attachée.

« Il demande de l'eau, les fleuves sont taris....

« Il n'a plus qu'à mourir, mais à ma voix divine,

« Des rochers du désert une source s'enfuit,

     « Et du milieu de la colline

     « Le torrent bouillonnant jaillit.

« A mon ordre sacré, mille et mille fontaines

« Raniment de leurs eaux les languissantes plaines

     « Et les côteaux flétris.

« Je commande au désert, et le désert sauvage,

« De myrte et de sétim formant un doux ombrage,

     « Vient offrir un toit de feuillage

     « A mes enfans chéris.

« Qu'à ce signe éclatant l'homme orgueilleux s'abaisse

     « Aux pieds du Seigneur d'Israël,

     « Que l'univers me reconnaisse,

     « Et dise : voilà l'Éternel !

« Dieux étrangers, venez, accourez vous défendre!

« Eh quoi! vous exigez des autels, de l'encens?

« Quels titres avez-vous pour oser y prétendre?

« Montrez-nous les liens des siècles et des temps,

 « Montrez-nous la chaîne éternelle

« Qui soutient l'univers et sait tout réunir,

 « Et que votre bouche immortelle

« Explique le passé, découvre l'avenir!

« Dieux étrangers, venez et plaidez votre cause!

« Sortez, il en est temps, de ce repos honteux;

« Écrasez ou sauvez un peuple malheureux;

« Oui, si vous le pouvez, produisez quelque chose,

« Et nous croirons alors que vous êtes des dieux!

« N'est-ce pas moi qui dis à la cité fidèle :

 « Jérusalem sèche tes pleurs,

« Mon envoyé t'apporte une heureuse nouvelle?

« Vous, qu'avez-vous prédit à vos adorateurs?

« Annoncez-vous le juste avant qu'il soit encore?

« Du fond de l'Orient, des rives de l'aurore

« L'avez-vous envoyé pour sauver les mortels ?

« C'est le crime qui vous honore,

« L'abomination qui dresse vos autels !

« Parlez, parlez, dieux criminels,

« Parlez, qu'avez-vous fait pour que l'on vous adore?..

« Autour de moi je jette en vain les yeux,

« Vainement je m'adresse aux habitans des Cieux,

« J'interroge en vain leur puissance ;

« Point de réponse de vos dieux,

« Point de vie et d'intelligence !.!.!...

« O mortels insensés, vous êtes bien plus qu'eux !

« Aux pieds d'un airain mort, d'une insensible pierre,

« Infortunés, vous tombez en pleurant ;

« Qu'attendez-vous ?... Il n'est qu'un Dieu vivant,

« Et vos idoles de poussière

« Dorment dans le néant !

~~~~~~

CHAPITRE XXXI.

Caractère du Libérateur d'Israël. — Aveuglement du peuple
Hébreu. — Sa captivité.

« Voici le serviteur, l'élu de ma tendresse,

« L'asile où se repose à jamais ma sagesse !

« Voici le serviteur que mon cœur a choisi !

　« Mon esprit s'empare de lui,

　« Mon ame a passé dans son ame,

　« Et brûlé de mes feux divins,

« Il court dans l'univers d'une céleste flamme

 « Animer les humains !

 « Des clameurs de sa voix bruyante

« Il ne fait pas au loin retentir la cité.

« Marchant dans la douceur et dans la vérité,

« Il ne conteste point .... Sa main compatissante

« Refuse d'arracher sur sa tige mourante

 « Le roseau brisé qui fléchit,

« Et craindrait d'étouffer la mèche encor fumante

 « Dont la faible lueur s'enfuit.

« C'est moi qui le promets, moi, sagesse infinie,

« Qui produis dans le temps mes desseins éternels,

« Qui des mondes divers sais régler l'harmonie,

« Qui conserve la terre et qui donne aux mortels

 « Et le mouvement et la vie !

 « Volez, mon bien-aimé, mon serviteur chéri,

« Volez, ô vous que j'ai choisi

« Pour consommer l'alliance sacrée!

« Des nations ô lumière adorée,

« Auguste ministre des Cieux,

« Volez, ... de cet aveugle allez ouvrir les yeux,

« De cet infortuné ranimez le courage,

« De ce corps languissant chassez l'infirmité,

« Arrachez le malheur des fers de l'esclavage

   « Et de la nuit de la captivité!

   « Chantez, habitans de la terre,

   « Le Dieu qui fait cesser vos maux;

   « Chantez des cantiques nouveaux

   « Pays lointain, rive étrangère!

   « Chantez, vous dont la nef légère

   « Descend et vole sur les eaux!

   « Chante Cédar, de ta bruyère

   « Tu passes aux palais brillans;

« Chante, tu sors de la poussière!

« Du rocher tristes habitans,

« Chantez du haut de vos montagnes,

« Animez au loin les campagnes

« Du bruit de vos joyeux accens!

« Chantez, le monde heureux de croire,

« Du Seigneur publira la gloire,

« Et répétera tous vos chants! »

Tel que le héros invincible,

Qui pour se ranimer au milieu des combats,

Du fracas de sa voix terrible

Fait palpiter le cœur des timides soldats;

Tel Jéhovah s'élance, et glaçant d'épouvante

Ses ennemis déjà vaincus,

Dissipe la foule tremblante

Des blasphémateurs éperdus.

« Plus de pardon, plus de clémence,

« De mon trop pénible silence

« Enfin, enfin je sortirai,

« Je ferai retentir le cri de la vengeance,

« Je détruirai, j'abymerai !

« Ma justice a frappé, mon amour se révèle

« A des aveugles égarés ;

« Je les consolerai, j'exciterai leur zèle,

« J'ouvrirai sous leurs pas des sentiers ignorés ;

« Je changerai leur nuit en lumière brillante,

« Je viendrai devant eux applanir les chemins,

« Et je dirigerai leur démarche tremblante

« De mes divines mains !

« Dans la honte qui le dévore,

« L'idolâtre, confus en regardant les cieux,

« Aux objets insensés d'un culte qu'il abhorre

« Rougira d'avoir dit : mes dieux.

« Qui n'ouvre point les yeux, si non la race impie,

  « Livrée au déshonneur, vendue à l'infamie?

  « Juda, Juda, n'entendras - tu jamais

« La voix des châtimens ni celle des bienfaits?

  « De ton Dieu tu n'as plus la crainte,

  « Malheureux enfant de Sion,

« Que j'avais appelé pour garder ma loi sainte,

« Pour exalter au loin la gloire de mon nom!

  « Réveillé par le bruit des armes,

« En proie aux ennemis, écrasé, ruiné,

« Dans le fond des cachots, de tous abandonné,

  « Tu verses des torrens de larmes !

« Suivant péniblement un vainqueur irrité,

« Ta jeunesse frémit sous les fers qui l'enchaînent,

« Et personne ne crie aux tyrans qui l'entraînent :

  « Liberté ! liberté !

« Tu demandes qui livre Israël au pillage,

« Qui conduit dans son sein le carnage et la mort?

« Tu demandes d'où vient la cruauté du sort ?

« De tes remords secrets écoute le langage :

— Dans la justice hélas ! nous n'avons point marché,

« Et, pécheurs, nous portons la peine du péché...

— Gémissez, couvrez-vous de cendre et de poussière !.

Mais non, l'impénitent se rattache à la terre ;

Le Ciel répand sur lui les flots de sa colère...

Frappé de toutes parts, enveloppé de feu,

      Il ne réfléchit pas encore ;

      Dans la flamme qui le dévore,

Il tombe consumé sans comprendre son Dieu !

~~~~~~

CHAPITRE XXXII.

Victoires de Cyrus. — Fin de la captivité. — Rétablissement
du Temple.

« Mon peuple ne crains point! Ne suis-je point ton maître,

  « Et celui qui t'a donné l'être,

« N'a-t-il pas dit au monde : Israël est à moi?...

« En quels lieux Jéhovah ne peut-il te défendre?

« Dans l'abyme des mers quand tu devrais descendre,

  « N'y serais-je point avec toi?

« Devant ton Seigneur et ton Roi,

« Tu verrais s'abaisser les eaux obéissantes !

« Quand tu serais environné de feu,

« A mon ordre sacré, les flammes dévorantes

« Cesseraient de brûler pour le peuple de Dieu !

« O race de Juda, si tendrement chérie,

« Unique objet de mes affections,

« C'est pour toi que je livre à la rage ennemie

« Et Memphis et l'Éthiopie,

« C'est pour toi que je sacrifie

« Les hommes et les Nations !...

« Du fond de l'occident, des rives de l'aurore,

« Ma voix fera sortir les restes de Sion.

« Je vais crier à l'Aquilon :

« Rends-moi le peuple qui m'adore !

« Je vais dire au midi : Rassemble les hébreux,

« Rassemble tout ce qui m'implore ;

« Dans l'univers cherche les malheureux

« Qui dans ma providence ont le bonheur de croire,

    « Ils sont tous formés pour les Cieux,

    « Je les ai créés pour ma gloire !..

« Oui, du fils d'Israël j'irai venger les maux...

    « Pour cet ingrat qui m'abandonne,

    « Je lancerai sur Babylone

    « Un peuple d'ennemis nouveaux.

« J'humilîrai les Rois dont elle est secondée,

    « Je renverserai la Chaldée

« Qui se glorifiait dans ses mille vaisseaux.

« Mais quoi ! n'ai-je donc pas déjà brisé ta chaîne ?

« Ne t'ai-je pas ouvert un chemin dans les eaux ?

« As-tu donc oublié comment ce bras entraîne

« Les coursiers, les soldats, les princes de Memphis ?

« Dans le fond de l'abyme ils se sont endormis ;

« Tu n'as plus de réveil à craindre,

« Ils doivent dans les flots s'étouffer et s'éteindre

« Comme la lampe au sein des nuits !...

« Enfin, il est passé le temps de la vengeance !

« Au sein de l'infortune Israël pense à moi !

« Déjà le bienfaiteur s'avance,

« Et j'ai dit à la mer : Abyme, épuise-toi !

« Cités, consolez-vous, vous serez rétablies !

« Vos champs souillés long-temps des hordes ennemies

« Se couvriront encor de nombreux habitans !

« Sion, ne gémis plus, sur tes saintes collines

« Tu verras encor tes enfans !

« Temple de Jéhovah, enfin de tes ruines

« Tu sortiras aux cris des hébreux triomphans !

« Mon Christ, viens accomplir mes volontés divines !

« Pasteur de mon troupeau, viens changer son destin,

« Marche, ... devant ton char j'applanis le chemin.

« Dans les camps ennemis je sème les allarmes,

« J'abats les nations, j'arrache aux Rois les armes,

     « Je brise les portes d'airain.

     « Pour vaincre tu n'as qu'à paraître,

« Je t'ouvrirai les rangs de tes fiers ennemis.

« Mais tu ne penses pas qui te les a soumis ?

« Grand Roi, regarde au Ciel, tu trouveras ton maître !

« Eh quoi ! pour délivrer Israël mon élu,

     « Je t'ai conduit de victoire en victoire,

« Je t'ai nommé mon Christ, je t'ai couvert de gloire,

« Et cependant Cyrus, tu ne m'as point connu ! ...

« Que ta justice au monde annonce ma justice,

« Que tout soit éclairé par un céleste feu,

« De l'aurore au couchant que ce cri retentisse :

     « Jéhovah seul est Dieu !

« Ainsi que j'ai créé la nuit et la lumière,

     « Ainsi je répands en tout lieu

« Et le bien et le mal, et la paix et la guerre,

    « Jéhovah seul est Dieu !

« O ciel ! que ta rosée embellisse le monde,

« Que du sein de la nue, ainsi qu'une eau féconde,

« Descende en Israël le saint Libérateur ;

« Que la terre s'entr'ouvre, enfante le Sauveur,

    « Et que la justice exilée

    « Au sein des mortels rappelée

    « Reparaisse avec son auteur !

« Tu pardonnes, Cyrus, à ma cité chérie,

« Tu lui fais respirer un air de liberté ;

    « Israël se ranime, il revient à la vie,

« Et tu ne reçois pas de sa triste patrie

« L'odieuse rançon de sa captivité !

« Tu sauves les hébreux .... Je te livre l'impie....

« Les braves Sabéens, si fiers de leur grandeur,

« Chargés de fers pesans, palpitans de frayeur,

« A tes pieds prosternés implorent ta clémence :

« Du Dieu qui te conduit nous sentons la puissance ;

« Oui cet être invisible et présent en tout lieu,

« Mérite seul l'amour et la reconnaissance,

   « Jéhovah seul est Dieu !

~~~~~~

CHAPITRE XXXIII.

Humiliation de Babylone.

« FILLE des Chaldéens, assieds-toi sur la terre,

« Descends de ta grandeur, descends dans la poussière !

« Tu ne brilleras plus, orgueilleuse beauté !

« Il n'est plus pour toi de couronne,

« On ne vantera plus, fille de Babylone,

    « Ta mollesse et ta volupté !

    « A la meule de l'esclavage,

« Devant les étrangers dévoile ton visage ;

« Abaisse-toi jusqu'aux plus vils travaux,

    « Laisse flotter ta longue chevelure,

    « Captive, quitte ta chaussure,

    « Et traverse les flots.

    « Révélant ton ignominie ;

    « Et jouissant de tes douleurs,

    « Je veux te traîner avilie

    « Aux pieds de tes adorateurs !

« Fille de Babylone, assieds-toi sur la terre !

    « Dans la nuit des afflictions

    « Arrête-toi pensive et solitaire ;

    « Tu n'es plus reine de la terre,

    « Et maîtresse des Nations !

« Naguères repoussant les fils de l'héritage,

    « Je les ai jetés à tes pieds ;

« En vain tu les as vus vaincus, humiliés,

« Traîner péniblement les fers de l'esclavage;

« Leur désespoir n'a point ému ta cruauté,

« Et les infortunés, appesantis par l'âge,

« Ont pleuré sous le joug de la captivité.

« Ton orgueil avait dit : pour toujours je suis reine,

« Je dois sur l'univers dominer à jamais,

« Et tu ne voyais pas de ta chûte prochaine

    « Au loin s'élever les apprêts!...

    « De gloire et d'amour enivrée,

    « Endormie au sein du plaisir,

    « Tu ne rêvais qu'un riant avenir;

— Reine en tous lieux, en tous lieux adorée,

    « Je ne crains point le fer des ennemis,

« Et des soldats cruels la phalange égarée

    « Respectera tous ceux que je chéris.

    — Tu ne crains point la guerre et le carnage !

« Et bientôt sés fureurs fatiguant ton courage,

« Te feront expier tes noirs enchantemens ;

« Tu ne crains pas le sort des armes !

« De ton prince et de tes enfans,

« Tu viendras, toute en larmes,

« Embrasser les restes sanglans !

« Tu croyais, toujours impunie,

« Cacher ton déshonneur sous un voile éternel :

— La terre ne sait pas les crimes de ma vie.

— As-tu donc oublié le Ciel ?

« Celui dont l'œil perçant à pénétré l'abyme

« De ton cœur lâche et criminel,

« Te montrera bientôt les vanités du crime,

« Et le néant du bonheur d'un mortel !

« Il est temps, l'orage s'apprête.....

« Appelle à ton secours tes sages enchanteurs ;

« Qu'ils trouvent le secret d'arrêter la tempête,

« Qu'ils viennent commander à ces foudres vengeurs

« Qu'un Dieu dans sa justice amasse sur sa tête!...

« Qu'ils viennent tous ces augures fameux

« T'arracher à tes destinées,

« Qu'ils supputent les jours, les mois et les années,

« Et qu'ils lisent enfin ton salut dans les Cieux!

« Au bruit de leurs souhaits, de leurs cris d'espérance,

« De conseils épuisée et lasse de souffrance,

« Tu tombes expirante aux pieds de tes vainqueurs;

« Tes monumens détruits roulent dans la poussière,

« Et je cherche en vain sur la terre

« La trace de tes défenseurs! »

~~~~~~

CHAPITRE XXXIV.

Sion devient la lumière des Nations. — Ses Oppresseurs seront
opprimés à leur tour.

« Fils de Jacob écoute ..... La lumière

    « Qui doit éclairer les humains,

« Est prête à s'échapper de mes divines mains.

« Lève les yeux au ciel, descends-les sur la terre;

    « Ce glorieux firmament

    « Doit passer comme une fumée,

« La terre tomber abymée,

« Déchirée en lambeaux comme un vieux vêtement.

« Les justes, les pécheurs périront avec elle;

« Tout doit s'anéantir, excepté mes décrets;

« Ma justice reste éternelle,

« Et le salut promis ne passera jamais !

« O Sion, de ton Dieu si long-temps séparée,

« Tu ne seras plus enivrée

« Dans la coupe de ma fureur,

« De cette fatale liqueur

« Je te vois encore assoupie,

« Sans voix, sans mouvement, et presque anéantie;

« Il ne te reste plus la force de gémir,

« Et pour toi l'on croirait qu'il n'est plus d'existence,

« Si d'instant en instant, quelque léger soupir

« De ce sommeil de mort ne troublait le silence.

« En vain je cherche tes enfans,

« Autour de toi je n'en vois point qui veille

    « Et qui prête l'oreille

    « A tes gémissemens.

  « Lève-toi, pauvre infortunée,

« De la terre et du Ciel long-temps abandonnée;

    « Laisse ton lit de douleur,

  « Réveille-toi .... C'est la voix du Seigneur.

  « Je donnerai la coupe de colère

« A tes vils oppresseurs, à ton maître inhumain,

« A celui qui disait avec un froid dédain :

« Ton vainqueur va passer, couche-toi sur la terre...

« Tu baissais en tremblant tes yeux humiliés,

    « Tu t'étendais sur la poussière

    « Pour qu'un tyran te foule aux pieds.

 « Lève-toi .... Jette au loin l'avilissante chaîne

« Dont te chargeaient tes impurs ennemis.

« Tu ne gémiras plus, ô malheureuse Reine,

    « Sous les pieds des Incirconcis......

« Pour remonter au char de la victoire,

« Viens te parer de tes riches atours,

« Viens te couvrir des vêtemens de gloire

« Que tu portais dans tes beaux jours.

« Jette au loin tes regards.... Contemple l'affluence

« Des nations qui s'avancent vers toi;

« Tout l'univers soupire après ta loi,

« Tout l'univers cherche ton alliance.

« Un jour, de ces nouveaux hébreux

« La marche heureuse et triomphante

« Sera ta parure brillante,

« Ton diadême glorieux.

« D'honneurs, d'éclat environnée,

« Tu brilleras au milieu d'eux,

« Comme la jeune épouse, au jour de l'hymenée,

« Au sein de ses parens heureux.

« La terre de Sion, si long-temps délaissée,

« Ses immenses déserts, tout couverts de débris,

« Ne pourront plus suffire à la foule empressée

« De tes enfans chéris.

« De leurs caresses consolée,

« Tu diras dans l'excès de ta félicité :

« Je ne suis plus une pauvre exilée,

« Je revois mon pays si long-temps regretté.

« Je pleurais ma stérilité,

« Et je jouis du bonheur d'être mère !

« D'où viennent ces nombreux enfans?...

« Qui les a soutenus sur la rive étrangère?

« Quel lieu les dérobait à mes empressemens,

« Lorsque je languissais captive et solitaire?...

« Qu'entends-je?... Quels chants de bonheur

« Suspendent mes sombres pensées?...

« Au loin, sur la hauteur,

« Les sentinelles avancées

« Poussent des cris de joie à l'aspect du Sauveur.

— Esclave, sors de la poussière,

« Le temps de l'épreuve est fini.

« Je vais juger les juges de la terre,

« Je vais leur arracher le bien qu'ils t'ont ravi.

« J'attacherai le ver rongeur du crime

« Au cœur de tous ces Rois qui commandaient tes maux,

« Et du bonheur de leur victime

« Je tourmenterai tes bourreaux.

« Je tournerai contre eux leurs armes meurtrières;

« Ils se déchireront le flanc,

« Il se rassasîront de la chair de leur frères,

« Ils s'enivreront de leur sang! »

CHAPITRE XXXV.

Avènement du Messie.

« De ma demeure éternelle

☆ Pourquoi suis-je descendu?

« En vain je cherche, j'appelle,

« L'écho seul m'a répondu.

« Je n'ai d'éclat que mon zèle,

« De parure que ma vertu,

« Et sur la terre infidèle,

« Je passe comme un inconnu.

« Ai-je perdu ma puissance infinie?

« La main de votre Dieu serait-elle affaiblie?

« Ne puis-je plus délivrer les hébreux?

« Ne puis-je plus, pour écraser le vice,

« Diviser les flots écumeux,

« Du tonnerre de ma justice

« Allumer les terribles feux,

« Commander à l'abyme, et d'un sombre cilice

« Envelopper les cieux?

« Ne puis-je plus enfin ce que je veux?....

« Vous avez vu dans la poussière

« Se traîner l'homme de douleur;

« Vous avez détourné les yeux de ma misère,

« Et ma misère expiait vos grandeurs.

« Vous deviez être les victimes,

« J'ai porté vos douleurs et vos iniquités ;

« Mes tourmens vous ont rachetés,

« Et mon corps innocent est brisé pour vos crimes.

« C'est au prix d'un sang immortel

« Que j'achete la paix du monde,

« Et je ne suis pour vous qu'un criminel,

« Tout couvert d'une plaie immonde,

« Et chargé du courroux du Ciel !...

« Je suis un arbrisseau qui sur un sol aride

« S'élève languissant,

« Et l'homme, de grandeurs avide,

« Devant lui passe, en l'insultant.

« Je saurai supporter les tourmens, les injures ;

« Meurtri de coups, tout couvert de blessures,

« Tout souillé d'infâmes crachats,

« Je ne baisserai point les yeux devant le crime ;

« En s'offrant pour victime,

« La vertu ne rougit pas.

« Rassasié de honte, abreuvé d'infamie,

« Des scélérats j'accepterai le sort,

« Et moi, qui commande à la vie,

« Je choisirai la mort.

« Oui, je descendrai dans la tombe,

« Sans laisser échapper un seul cri de douleur,

« Comme le faible agneau qui tombe

« Sous le couteau du sacrificateur.

« Pour appaiser l'éternelle justice,

« Je marcherai, sans trouver le repos,

« Jusques au lieu de mon supplice,

« Et mon dernier soupir sera pour mes bourreaux.

« Dans les douleurs de la torture

« Enfin s'est accompli mon sort.....

« L'impiété me sert de sépulture ;

« Des dépouilles de l'imposture

« Le crime orne la tombe où le juste s'endort.

« Je m'enrichis à force de souffrance,

« Et je trouve un trésor immense

« Dans les angoisses de la mort ! »

Fin.

TABLE DES MATIÈRES.

FIN DE LA TABLE.

ERRATA.

Pag. 42, vers 9, au lieu de Nations, accourez des confins de la terre : *lis.* Peuples, accourez tous des confins de la terre.

Pag. 43, dernier vers de la page, au lieu de maudisant, *lis.* maudissant.

Pag. 54, vers 1.er, au lieu de encore, *lis.* encor.

Pag. 79, vers 16, au lieu de Que des cris de douleur, *lis.* Que de sinistres cris.

Pag. 97, vers 16, au lieu de moisonnés, *lis.* moissonnés.

Pag. 112, vers 3, au lieu de Leur lâcheté n'a pu les sauver de sa rage, *lis.* Mais d'un vainqueur farouche ils subiront la rage.

Pag. 236, vers 11, au lieu de Il, *lis.* Ils.

NOYON. IMPRIMERIE DE J. AMOUDRY.